内通と破滅と僕の恋人
珈琲店ブラックスノウのサイバー事件簿

一田和樹

JN177968

集英社文庫

目次

contents

内通と破滅と僕の恋人

珈琲店ブラックスノウのサイバー事件簿

プロローグ

古い珈琲店にはミステリがよく似合う

客先での打ち合わせを終えた西村夏乃《にしむらなつの》は思わずため息をついた。仕事を始めてから面倒なことを言い出される悪いパターンで、胸のうちにもやもやしたものがたまる。そのまま池袋《いけぶくろ》の事務所に戻るつもりだったが、いつの間にか行きつけの喫茶店に足が向いていた。

どことなく昭和の猥雑《わいざつ》な香りを残す街、池袋。東口に西武デパート、西口に東武デパートという初心者を惑わす駅から外に出ると、こぎれいな風を装っているが、垢抜《あかぬ》けない雰囲気の街並みが続く。おしゃれな街に欠かせないスターバックスを始めとするカフェ、きれいな舗道、新しいビル。まだ夏の暑さを残す初秋の風を受けて、道を急ぐ人々が少し汗ばみながら足早に歩いて行く。

西村がこの街に会社を構えて十年以上経《た》つ。仕事は順調だし、他に移る資金もあるが、あえてここに残っているのは残念な街の雰囲気になじんでしまったからだろう。

漂ってくるジャンクな雰囲気は、街の記憶とも言うべきで、もはや形骸すら残っていない古い店とその客たちが織りなした物語が染みついている。

西口にある二又交番《ふたまた》の前を左に折れると、古くからある私立大学が見えてくる。ここまで来ると、昔からの店も残っている。まだ午前中だというのに、大学から駅に向かう学生も少なくない。道に面して学生向けの明るい佇《たたず》まいの店や不動産屋が並ぶ中、ぽつんと取り残されたような小さな看板が置かれていた。「珈琲《コーヒー》店ブラックスノウ」と太い文字で書かれており、その横には地下へと続く階段がある。ほとんどの通行人は気がつかず通り過ぎる。稀《まれ》に足を止めて看板をながめる者もいるが、店に続く階段を下りる者は滅多にいない。

いまどきは喫茶店に入るよりも、チェーンのカフェあるいはファミレスに行く人が多い。学生であれば、学食を使うだろう。喫茶店を使うのには、それなりの理由が必要な時代。西村がこの店に通う理由はマスターに会うためだ。

陽光のあふれる賑《にぎ》やかな街路とはうってかわった静かで暗い階段を下りると、黒い扉が待ち構えている。店の名前すら書いていない。ずっしりと重い扉を引くと、ほのかな光に包まれた珈琲の香りが漂ってくる。

すぐに目に入るのは正面中央の大きなカウンターテーブルだ。よく磨かれた一枚板にやわらかい照明が映る。地下の店にしては天井が高く、そのおかげで窓がなくても窮屈な印象を与えない。

カウンターの内側の壁一面にカップの並んだ棚があり、客に合わせてマスターがカップを選ぶ。マスターは四十がらみの口数の少ない鋭い目をした男性で、愛想がいいとは言い難い。

「いらっしゃいませ」とマスターはカウンターの向こう側から西村に声をかけた。西村は、「こんにちは」と挨拶していつもの席に向かう。

ここに通うようになって何年になるだろう？　仕事がうまくいかなかった時にふと目に入った喫茶店の看板。気がつくと店に入っていた。

ゆるい弧を描いたカウンターの前に八つの椅子が並んでいる。最初にこの店に入った時、常連らしい客に気を遣って一番奥の席に腰掛けた。それがそのまま自分の定位置になった。

席につくと、マスターが無言でお冷やとメニューを差し出す。メニューには、数ページにわたって珈琲豆の名前が並んでいる。いつものことながら迷う。

目を上げると店の壁には郷愁を誘う洋画や演劇のポスターが貼られている。さりげなくミュシャやロートレックもある。カウンターの近くの棚には道化の仮面や古い人形が置いてあり、違う時代に迷い込んだような錯覚に陥る。いかつい顔をしたマスターの趣味とは思えない。

今日のマスターはいつも以上に静かだ。なにかを考えているように見える。この年齢の男性が物思いにふけっている様子はたまらなくセクシーだ。

「彼のことを考えていたんだ」

西村は思わず訊《たず》ねてみた。

「まあね。なんにします？」

マスターは隠そうともせずに答え、西村は拍子抜けし、ブレンドを頼む。マスターにとって忘れられない彼とは、ここでアルバイトをしていた美しい少年のことだ。

「お待ちどおさま」

西村の前に芳醇《ほうじゅん》な香りの珈琲が置かれた。同時に店の扉が開き、二人連れの男女が入ってくる。

「いらっしゃいませ」

マスターは扉に顔を向けて応じる。いつの間にか胸の中のもやもやは晴れていた。

第一話

初夏　監視アプリ

世の中のほとんどのことは偶然なんだろうけど、どうしても必然としか思えないことがある。その時は気がつかない。ずっと後になって、ふっと思い出して、たまらない気持ちになる。あの場所で、あの時でなければならなかったのだと。月島凪《つきしまなぎ》は、初めて珈琲店ブラックスノウを見た時のことを思い出すと、そんな気持ちになる。

凪は池袋西口の繁華街を抜けたところにある大学に通う一年生だ。二限の講義に出席するために、汗ばむ初夏の日差しを受けて足早に道を急いでいた。駅から五分ほどで二又交番の前を通り過ぎ、商店街に入った凪は見るともなく店のショーウィンドウに映った自分の姿を見た。我ながら特徴がない。一七二センチの身長に痩身の体軀《たいく》、年齢より幼く見える顔。やさしそうとよく言われるが、褒め言葉には聞こえない。気が弱いとか、決断力がないとか、流されやすいとか、そんな風に見えているような気がする。「個性的だね」というのが、女子に対しての褒め言葉ではないように、男子に対する「やさしそう」というのも含みのある表現だ。

「おはよう」

声をかけられて振り向くと、同じ学部の倉橋霧香《くらはしきりか》の笑顔があった。いろんな意味で、どきりとする。

「おはよう」

答えると、霧香はうれしそうに凪に寄り添ってきた。甘い香りが鼻腔《びこう》をくすぐり、つやのある黒髪が軽く腕に触れる。ふたりは並んで歩き出す。

「よっ！」

同じ学部の男子二人組に、すれ違いざま短く声をかけられた。凪が返事をする間もなく、すたすたと去って行く。ちらっと投げてきた意味ありげな視線に戸惑う。

凪と霧香が並んで歩いていると、男子は、「わかってるよ」という風に目で語りかけ、ひと声かけて軽く手を振って離れてゆく。女子は、「倉橋さんだー」と言いながら手を振って離れてゆく。公認カップルに対する気遣いなのだろう。

「デルファイ……」

霧香はさきほどからずっと黙っていて、時折、「デルファイ」とつぶやいている。友達の声にも反応しない。時々、本人だけにしかわからなそうな言葉をつぶやく。「デルファイ」もそのひとつだ。そういう時は、スルーするしかない。質問すると熱心に説明してくれるのだが、今までわかったためしがない。凪は霧香の邪魔をしても悪いので、黙って霧香の様子を見ることにした。小説かアニメの登場人物の名前なんだろうと、凪は勝手に想像している。

「へへえ」

霧香がつぶやきを止《や》めると、突然顔を上げてにんまり笑った。一点の曇りもない笑顔だ。胸がきゅっとなって、つられて微笑《ほほえ》む。思わず抱きしめたくなる。せめて手をつなぎたいのだが、それも躊躇《ちゅうちょ》してしまう。霧香が自分を好きだというのはわかっているのだが、つきあっているという実感がないせいだ。

霧香がためらいなく凪の手に触れてくるのは、彼女の中で所定のプロトコルを経た正規の「恋人同士」という認識が確立しているからだろう。でも、そこまでのことでそれ以上ではない。固く手を握り合うようなことはない。凪としては、どうせならもっと先まで進みたいと思うことは多い。

霧香にとって、『羊たちの沈黙』が最高の恋愛映画だそうで、クライマックスのラブシーンはふたりの指先がほんのちょっと触れあうところだという。キスやハグのないラブシーン……恋愛初心者の凪には難しい。ネットで『羊たちの沈黙』についての感想をチェックしたら、「えぐいホラー映画」、「虫が苦手だから観《み》るの諦めた」、「人を食う話だろ?」という感じだったので凪は観るのを躊躇している。

ロマンチックな雰囲気のデートが少ないせいかもしれない。まず、行く場所が偏っている。秋葉原《あきはばら》のジャンクなパーツ屋、合羽橋《かっぱばし》道具街、浅草寺《せんそうじ》の仲見世《なかみせ》の助六《すけろく》、すみだ水族館……ピンポイントで常人にはどこが楽しいかわかりにくい場所ばかりだ。

その時、小さな看板が目に入った。道に面して置かれた看板の横には、地下へと続く階段がある。どことなく人を寄せ付けない雰囲気だ。素っ気ない古びた看板には、「珈琲店ブラックスノウ」と太い文字で書かれている。

「なに?」

「こんなとこに喫茶店なんかあったかなと思ってさ。今度、入ってみない?」

凪はそう言うと、看板を指さす。霧香は、あまり興味なさそうに看板に目をやり、

「講義に遅れる」

と凪を急《せ》かした。

講義が終わり、学食で昼食をとっていると、「さっきの喫茶店に行ってみようか?」と霧香が突然言い出した。さきほどはあまり関心を持っていない様子だったので凪はいささか面食らった。

「興味あるんでしょ。行ってみよう。よく考えると、あたしも行ってみたい」

霧香は、そう言うと頬を赤らめた。どういう風の吹き回しだろうと思ったが、気にな

っていたので反対する理由はない。

「次の講義まで七十三分あるから行ってみよう」

霧香の提案に凪も同意し、昼食の後で行くことになった。

「ダンジョンみたい」

霧香は凪を先導して地下へと続く仄暗《ほのぐら》い階段を下りてゆく。

階段を下りきったところにある入り口の扉は真っ黒だった。店名すら書かれていない。本当に入り口なのか迷うが、この扉しかないから間違いようがない。ひるんだが、ままよとばかりに凪が扉を引くと、渋い声の「いらっしゃいませ」が耳に入った。その響きに拒絶はなく、むしろあたたかい歓迎を感じて凪はほっとした。

開いた扉の向こうは、くすんだ光に包まれていた。まるで別世界みたいだ、と凪は思う。ファンタジー映画の異世界への入り口の店の雰囲気に似ている。偏屈だが人のよさそうな老人が店番をしている骨董品屋《こっとうひんや》や古書店。壁に貼られた古い映画や演劇のポスターや抑えた照明が時間の感覚を失わせ、時を経た意匠が時代を錯覚させる。ふたりはその場に立ちすくんだ。

「ダークファンタジーだ」

霧香に腕を突《つつ》かれて彼女が指さす方に目をやると、道化師の仮面がかかっていた。

「なんだか骨董品店みたいだね」

凪がつぶやくと、かすかな笑い声が聞こえた。声のした方にふたりが目をやると、奥の席に腰掛けていた女性が、こちらを見ていた。三十歳前後に見える大人の女性だ。短く刈った赤い髪、黒のワンピース、魔女を彷彿《ほうふつ》とさせる。身体《からだ》は細くて華奢《きゃしゃ》だが、強い意志を感じさせる目をしていた。

なんとなくふたりともその女性から目が離せなくなった。

「お好きな席にどうぞ」

さきほどの渋い声でふたりは我に返った。ふたりが立っている入り口の正面にカウンターがあり、その向こうにマスターらしい男性が立っていた。がっちりした身体は白いシャツとカフェエプロンに包まれ、周囲から立ち上る湯気が、幻想的にその姿をかすませる。頑固そうな顔はいかにも珈琲職人といった風情だ。

あらためて見ると、レトロな雰囲気の落ち着いた店だ。大きな一枚板のカウンターテーブルが中央に鎮座している。奥にテーブル席がひとつあるが、テーブルの上には平べったい黒い機械が重ねて置かれていて、使用不可らしい。

「座ろうか」

店内を見回している霧香に声をかけ、凪はカウンターの端の席に腰掛けた。霧香も、その隣に腰掛ける。

「どうぞ」

マスターが、分厚いグラスに入ったお冷やとメニューを置いた。

「きれいな、ぎやまん」

凪がメニューを手に取ると、霧香はグラスを持ち上げてつぶやいた。肉厚のガラスにほんのりと昔風の朱や藍の色がまざっている。まるで子供のように目を輝かせる霧香の横顔がひどくかわいく見える。つるんとした頬を突きたくなるのを我慢した。

「雰囲気のいい店だね。外からは想像できない」

凪の言葉にマスターがカウンターの向こうからちらりと視線を向けてきた。

「こういう店だったんだ」

注文をしなくてはとメニューを開くと、たくさんの種類の豆の名前がずらりと並んでいた。珈琲豆の種類は少し知っていたが、そのどれにも当てはまらない名前が手書きで綴《つづ》られており、さらに浅煎《い》り、中煎り、深煎りと分かれている。とどめに淹《い》れ方まで選べるようになっていた。しかし、どう注文すればよいのかわからない。

「なにこれ？」

霧香はメニューをのぞきこんで驚く。大きな目がくりくりと動いた。最初は奇妙に思えたが、今は小動物のように愛らしい仕草に見える。

「わかる？」

「いや、難易度高い」

凪が困った様子で頭をかくと、マスターが近づいてきた。背はそれほど高くない。肩幅が広く、猛禽《もうきん》類を思わせる、険しいがどことなく愛嬌《あいきょう》のある顔だ。

「よろしければ当店オリジナルのスノウブレンドはいかがでしょう？　お好みの味があれば、それに合ったものをご紹介しますが」

低く通る声で助け船を出してくれた。見かけはいかついが、いい人なのかもしれないと凪は思う。

「じゃあ、それで」

ふたりともスノウブレンドを頼んだ。安直だと思うが、ここで他のものを選ぶだけの知識はない。

「ありがとうございます」

注文してしまうと、妙な沈黙が訪れた。かすかな水の音が聞こえる。手持ちぶさたになった凪は、ポケットからスマホを取り出した。

「まだ、アンドロイド使ってるの？　危ないって教えたのに」

霧香がめざとく見とがめた。以前から、何度もアイフォーンに変えるよう言われているのだが、経済的なこともあってまだ変えていない。霧香に言わせると、アンドロイドよりもアイフォーンの方が安全なのだそうだ。

「だって、お金もかかるしさ。バイトの金が入ったら機種変するよ」

凪は言い訳がましく答える。霧香は腕組みして、まじまじと凪のスマホをにらむ。

「……そのスマホにアンチウイルスソフト入れてる？」

意外な言葉が霧香の口から出た。凪はなんのことかわからずに首をひねった。

「スマホにもマルウェアが感染するから気をつけなきゃいけないいんだよ」

霧香は続ける。

「マルウェア？　コンピュータウイルスみたいなもの？」

感染という言葉から、なんとなくコンピュータウイルスを連想した。しかし、スマホにコンピュータウイルスが感染するのだろうか？

「最近は、コンピュータウイルスのことをマルウェアって呼ぶの。どうやら、そのスマホにはアンチウイルスソフトを入れていないみたいね」

スマホにアンチウイルスソフトを入れるなんて考えたことのなかった凪は、首をかしげた。

「アンドロイドに感染するマルウェアが増えていて危ないから気をつけた方がいい。というか、セキュリティアプリを早く入れた方がいいよ」

アンドロイドは危ないと何度か霧香から聞いたことはあったが、具体的な説明を受けたのは今日が初めてだ。パソコンにはアンチウイルスソフトが不可欠だと知っていたが、スマホにまで必要とは知らなかった。

「ほんとだよ。しょうがないなあ。ここのサイトでウイルスにかかっているかどうかチェックしてくれるからやってみよう。四十六秒で終わるから」

霧香は自分のスマホに、「スマホ安全チェック」と書かれたサイトを表示させて凪に見せた。それにしても四十六秒という半端な数字はどこから出てきたのだろう？　霧香は時々根拠があるのかないのかよくわからない数字を引き合いに出すが、凪はあまり突っ込まないようにしている。

「ありがと。ええと」

凪はそのサイトの二次元バーコードをスマホで読みとってサイトにアクセスし、「あなたのスマホが安全かチェックします」と書かれたボタンをタップする。すぐに「調査中です」という表示に変わり、画面上に、カウンターのような数字が現れて、めまぐるしく動き出した。

霧香が身体を寄せてきて、その画面をのぞき込む。

「感染しているかもしれない」

霧香の声音が妙に楽しそうなのが気になったが、そう言われると不安になる。

「ほんと？　困ったなあ。個人情報とか盗まれたのかなあ」

スマホには家族や知人の連絡先やＬＩＮＥやツイッターのやりとりが入っている。自分の個人情報が漏れるのも怖いが、他の人の連絡先などが漏れて迷惑をかけるのも申し訳ない。

　やがて数字が止まると同時に、「マルウェアに感染しています。駆除しますか？」という表示に変わった。血の気が引き、不測の事態に出くわしたように思考が止まる。感染の話は噂《うわさ》やニュースでよく耳にするが、実際に自分の身に降りかかったのは初めてだ。スマホのアドレス帳に登録してある知り合いのことが頭をかすめる。これが原因で迷惑をかけてしまうかもしれない。

「どうしよう？」

　落ち着けと自分に言い聞かせながらも、凪はうろたえて霧香に問いかける。

「大丈夫。このアプリをインストールすれば駆除されるし、その後も守ってくれる。無料アプリだからお金の心配もない。八十二秒でできる」

　霧香は諭すように言って、画面に表示されている「駆除と対策アプリのインストール」という文字を指さした。

「うん、やってみる」

　凪は画面に表示されたボタンをタップしようとした。

「マスター！」

　突然奥にいた女性客が声をあげ、凪は一瞬手を止めた。

「はい」

マスターは、そちらに目を向け、それから横目で凪を見てから首を横に振った。なんだろうと思った時、霧香が、「ほら、ここ」と言いながら身体を寄せてきた。柔らかい肩と胸が腕に押し当てられ、どきりとする。考えてみると、今までで一番接近しているかもしれない。

「ほらほら」

霧香はさらに身体を押しつけて、凪を促した。凪は自分のスマホに再び目を向けて、指示に従ってメールアドレスと電話番号を登録し、インストールを始めた。「マルウェアを駆除しました」という表示の後、インストールの許諾画面に移った。

「ブレンドお代わり。ネルドリップでね」

女性客は、少し甘えたような声音をマスターにかける。

「はいよ」

「やっぱ、男の人が真剣な眼差《まなざ》しでドリップしてくれるのを見るのだけでも喫茶店に来た甲斐《かい》があるってものよね。少年もそう思わない?」

女性客は凪たちに同意を求めてきた。少年と呼ばれて凪の頬が赤くなった。もうすぐ二十歳《はたち》になろうとしているのだが、童顔のせいで子供扱いされることが多い。どう返したものか戸惑う。常連客が一見《いちげん》さんをからかっているのだろうが、凪はマルウェアのことで頭がいっぱいで、それどころではない。

「インストール、終わったみたい」

霧香の声でスマホを見ると、「一個のアプリケーションをインストールしました」と表示されていた。安心すると、掌《てのひら》にじっとり汗をかいていたことに気がついた。横を見ると自分を見つめている霧香と目が合う。キスしそうなくらいの近距離で、はっとした。ほのかに甘い香りがした。

「ありがとう。助かった」

凪が言うと、霧香は顔を赤らめてはにかむような笑みを見せた。

その後、凪と霧香はちょっと話をしてからブラックスノウを出て、残りの講義に出席するために学校に戻った。マルウェアは駆除したものの、凪はまだ心配だった。

「アンチウイルスソフトを入れたから大丈夫だよ」

霧香ははげますようにそう言ってくれたが、落ち着かない感じは消えなかった。マルウェアに感染していたということは、スマホの個人情報などが盗まれた可能性がある。それがどういう危険に結びつくかわからないのが気持ち悪い。銀行口座から多額の現金を引き出されたり、個人情報を転売されたりしたというテレビニュースが頭をよぎる。他人事《ひとごと》と思っていたトラブルが、自分の身にふりかかるとは思わなかった。被害を防ぐ術《すべ》があるなら、やっておきたいが、なにをすればよいかわからないし、どこで調べればいいかもわからない。霧香に相談してもよいのだが、心配いらないと言われたばかりだ。

講義の後、霧香と別れて家路についた。一緒に帰ろうと誘ったが、調べものがあるといって霧香はキャンパスに残った。ひとりで図書館に行ったり、コンピュータルームに入り浸っているようだ。

マルウェアの対処方法をネットで調べようと考えながら歩いていると、スマホの着メロが響いた。しばらく前に流行《はや》った『千本桜』という曲だ。聞く度に他の曲に替えようと思いつつそのままになっている。

見たことのない番号からの着信だ。いぶかしく思いながら出る。

「月島凪くんだね」

聞き覚えのない低い声が聞こえてきた。どきりとした。さっそく個人情報が悪用されたのかと不安になる。

「はい。そうですけど?」

「知らない相手から電話がかかってきたら、不用意に、はいと答えない方がいいよ。ブラックスノウの店主の加村《かむら》です。さきほどはご来店いただき、ありがとうございました」

ブラックスノウの店主と聞いて、どうして電話番号がわかったのか不思議になる。

「突然の電話で申し訳ない。うちの店に忘れ物をしただろう?　大事なものだと思うので、できればすぐに取りに来てもらえるかな」

「え？　忘れ物？」

なにを忘れたのかと心配になるが、思い当たるものはない。財布、学生証……とりあえずないと困るものは全部持っている。なにを忘れたんでしょう？　と訊ねようとした矢先、マスターの声がした。

「ところで、さっきの彼女とは一緒かな？」

「いえ」

「そうか。いや、なんでもない。じゃあ待っている」

電話はすぐに切れた。ブラックスノウは帰り道だから手間はかからないが、なにを忘れたのか訊《き》けなかった。このスマホの番号にかけてきたということは、電話番号が書いてあるものに違いないのだが、思い当たるものがない。凪は、言いようのない不安に襲われた。

ブラックスノウに続く階段は、夕暮れになっていっそう不穏な雰囲気を醸し出していた。お化け屋敷みたいだな、と思いながら階段を下りる。

かすかな扉のきしみとともに中に足を踏み入れると、凪の姿を認めたマスターがカウンターの向こうから会釈した。奥の席には、さきほどの女性客がいる。ずっとこの店にいたのだろうか？

「呼び出して、すまないね」

この声を聞くと妙に安心すると思いながらマスターの前に立つ。

「いえ。こちらこそ、すみません。忘れ物ってなんでしょう?」

「申し訳ない。あれは君を呼び出すためのウソだ」

マスターは悪びれた様子もなく答え、凪はあっけにとられた。

「えっ。どういうことです?」

「ちょっと気になることがあって君に確認しておきたかったものでね」

「あの、いろいろ訊きたいんですけど。なんで、僕の電話番号を知っているんですか?」

「最初に訊くのはそこじゃない」

マスターは、そう言うと、なおも質問を続けようとする凪を掌で制した。

「君はあのアンチウイルスソフトのサイトに電話番号とメールアドレスを登録しただろう? それがここの防犯カメラに映っていたんだ。特殊なヤツでね。解像度が高いからスマホの文字までわかる」

マスターは少し離れた天井を指さした。暗い内装に溶け込んでいて目をこらさないとわからないが、そこには黒く丸いものがあった。あの丸いものが、カメラなのかと凪は驚いた。

「プライバシー侵害だなんて言わないでくれよ。今はどこの店も防犯カメラくらいつけている。そのおかげで君が陥っているトラブルもわかった」

理屈はわかるが、納得はできない。それにしても、さきほどからマスターが口にしている、トラブルとか気になること、とはなんだろう？　不安がよぎる。

「まあ、座ってくれ。珈琲を淹れたところだ。これはサービスだ」

「あ、ありがとうございます」

湯気の立つカップがカウンターに置かれ、やむなくその席に腰掛ける。

「少年、心配してもらえるうちが華だよ」

凪の当惑を見透かしたように、奥の女性が声をかけてきた。からかわれたような気がして、凪はむっとした。

「君のスマホは監視されている」

マスターはカウンターの内側にある椅子に腰掛けながら言い放った。

「監視？　もしかしてマルウェアのことですか？」

「近いけどちょっと違うんだなあ」

また奥の女性だ。マスターが、しょうがないという表情で肩をすくめる。胸騒ぎに襲われた。自分のスマホから個人情報が漏れていたのかもしれない。マスターやあの女性がなにか仕掛けたのかもしれないという疑いが頭に浮かんでくる。忘れ物だなんて騙《だま》されて、まんまと呼び出されてよかったのだろうか？

「誰かが少年のスマホを監視してるんだよ。アドレス帳も全部見られたかもね。カメラを使って盗撮もされたかもしれないわよ。怖い、怖い」

奥の女性が続ける。揶揄《やゆ》するような言い方に、凪は反感を覚えた。

「それって……僕のスマホに感染してたマルウェアのことですよね。知らない間に、やられていたらしいんですけど友達に教えてもらって駆除したはずです」

だから今はもう安全で、駆除する前になにかされていなかったかだけが問題のはずだった。

「少年、逆だよ」

女性が笑い、マスターもうなずく。

「え？　逆？」

「〝今〟が危険なの」

女性の言葉が、凪の不安を煽《あお》る。

「だってマルウェアを駆除して、守るためのアプリを入れたばっかりなのに」

「それが逆なんだってば。なんでわかんないの？」

女性は横に首を振り、わざとらしいため息をついてみせた。からかわれているのかもしれないと凪は思い、怒りで頬が熱くなる。さっき自分の目で確かに、「駆除しました」という表示を見た。

「だから！　どういうことなんです？」

思わず声が大きくなった。すぐに気がついて、すみませんと小声で謝る。

「いや、今のは西村さんが悪い。大事なお客さまをからかわないでほしい」

マスターは凪にやさしい眼差しを向け、それから奥の席の女性を横目でにらむ。「はーい」と西村さんと呼ばれた女性は苦笑いして頭を下げ、「ごめんね」と凪にウインクする。凪は毒気を抜かれて、「はあ」と返した。

「マルウェアというか監視アプリは、さっきこの店に来た時に仕込まれたんだ。おそらくその前は感染していなかった」

マスターが静かな声で告げた。思わず、マスターを凝視する。言われたことの意味が理解できない。

「どういうことなんです？」

「言葉通りの意味さ」

カウンターの内側から薔薇《ばら》の柄のカップを取り出してながめるマスターの顔はおだやかで、凪は少しだけ落ち着きを取り戻した。

「でも……だって感染してるって診断されたんですよ。それで対策アプリを……」

凪はこの店でアンチウイルスアプリをインストールした時のことを思い出した。自分のスマホは確かに感染していた。そういう診断結果が表示されていた。その前から感染していたはずだ。それなのに、感染していなかったってどういう意味だろう?

「それは全部ウソ。少年は騙されちゃったわけよ」

奥の女性の声が聞こえた。そこまで言われても凪は、まだ事態が呑《の》み込めなかった。いったい誰がどんな風に自分を騙したというのか?

「順を追って説明した方がよさそうだな」

マスターの言葉に、凪は黙ってうなずく。

「この店に最初に来た時、君のスマホはマルウェアに感染していなかった可能性が高い」

そんなはずはない、と凪が腰を浮かしたのをマスターは、軽く目で制した。黙って聞けということらしい。凪は腰を下ろす。

「君の言いたいことはよくわかる。診断サイトでチェックしたら感染していると表示されたから、感染していると君は信じてしまった」

「違うんですか?」

声が裏返った。診断結果でそう出たなら、感染しているに決まっている。

「実際にはなにもしていないのに診断したふりをして、感染していると表示して利用者を騙し、駆除するためのアプリのインストールを勧めるのは詐欺サイトの常套《じょうとう》手段なんだ。しかもインストールされるのは、危険なマルウェアや監視アプリだ」

診断結果がウソだった？　凪の頭の中は真っ白になった。つながっていた話がバラバラに壊れて、いったいなにがどうなっているのかわからなくなる。

壁の柱時計が、ぼーんと物憂げな響きで時を告げた。「あら？　珍しい。普段はめったに鳴らないのにね」女性のつぶやきが遠く聞こえた。

しかし、霧香は自分よりもネットのことはくわしい。彼女が罠《わな》にかかって、しかもそれを自分に紹介するなんてことがあるだろうか？

「残念ながら彼女は知っていた。この罠を仕掛けたのは彼女だ」

マスターは凪の顔から目をそらさずに答えた。あまりの驚きで、頭が真っ白になった。

「そのマルウェアというか監視アプリは、君のスマホのアドレス帳をのぞき、位置情報から行った場所を知らせ、通話記録をチェックし、ツイッターやＬＩＮＥのやりとりも盗聴する」

それが本当なら自分の行動はまるまる相手に筒抜けになってしまう。霧香ならやりかねないという気持ちと、なぜそこまでするのかという疑問が湧いてくる。

「なんで……？」

情けないことに声が震えた。

マスターが、心配することはない、落ち着けと目で語りかける。

「……君は彼女とつきあっているのかい？」

「ええと、つきあっていると言っていいんだと思います」

凪の微妙な答えを聞いたマスターは、ふと目をそらし長い吐息をついた。

「彼女は君のことがどうしようもなく好きなんだろう。君の全てを知りたくなってしまった。いけないことだとわからないはずはない。それでも止められないくらいに、君がどこにいるのか、誰と仲が良いのか、そういうこと全てを知りたくなってしまったんだ。だから君のスマホを監視することにしたんだろう」

「そんなバカなことをしてなんになるんです？」

相手のことを知りたい気持ちはわからないでもないが、そのために相手を騙して監視するのはやりすぎだ。

「そうだな。君が正しい。なんにもならない愚かなことだ。だが、人を好きになるというのは愚かでみっともないことだ。一番大切な相手と理性的に向かい合えなくなるんだからね」

人を好きになるというのは、愚かでみっともないこと……そう言われれば確かにそうなのかもしれない。好きになれば、自分の愚かしさにも気づかなくなる。

「君のスマホにインストールされたのは有名な監視ソフトだ。彼女がインストールした方がいいと言い出した時点で危ないと思った」

マスターは手に持っていたカップを棚にしまうと、くわしく説明してくれた。そのアプリは、『スマホ安心ガード』という名称のものだという。名前を聞いただけでは、すぐに監視アプリとはわからない。アンチウイルスソフトと言われても不審に思わない名前だ。

保護者が子供のスマホにインストールして、行動をチェックし、安全を確保することが表向きの使用目的になっている。しかし、恋人や配偶者の行動を監視するのに便利なので、勝手に相手のスマホにインストールしてトラブルになるケースが相次いでいるという。有料版を購入すると、カスタマイズ可能な専用のインストール誘導ページを用意してくれる。ページの文言を自由に変更できるので、「あなたのスマホが安全かチェックします」と書くこともできる。なにも知らない相手に、そのページを見せてマルウェアに感染していると思わせ、インストールすることもできる。凪は、まんまと騙されて監視アプリをインストールしてしまったわけだ。

初めて聞くことばかりだったが、マスターの説明はわかりやすく、凪にもよく理解できた。

「あの場ですぐに教えてあげることもできたが、彼女と君の関係がわからなかったので後で君に伝えて判断してもらうことにした。彼女に悪意はないようだったしね。ただ愛情が行きすぎただけだ」

頭では理解できたが、まだ気持ちがついてゆかない。霧香を呼び出して問い詰めるべきか、アプリをアンインストールしてなにもなかったふりをするべきかわからない。監視されるのは嫌だが、だからといって霧香を嫌いになったわけではない。

「あーゆー女の子は嫉妬深いよー。少年が浮気したら大騒ぎになると思うなー」

奥の席の女性が意地悪そうな笑みを浮かべた。確かに嫉妬深くなければこんなことはしないだろう。

「嫉妬されると相手の好意が確認できてうれしいっていう人も多いけど、少年もそうなら問題ないかもね」

女性はそう続けると、珈琲を一口飲み、「あたしは、違うけどね。面倒くさいの嫌いだもん」と付け加えた。

「どうすればいいんでしょう」

マスターに、すがるような目を向けてしまった。

「彼女を責めることもできるし、黙って見逃すこともできる。君が決めればいい」

マスターは床に目を落としてつぶやく。あとは当事者の判断ということだ。

「そんなに好かれてるなら、素直にその愛を受け入れて、二十四時間監視されてもいいんじゃない？　ヤンデレ彼女やメンヘラ彼女って流行ってるんでしょ？　いいじゃない。でも強い感情をぶつけ合うのがクセになるとエスカレートして大変かもね」

奥の女性が茶化すような言葉を投げてきた。

「ちょっと、やめてくださいよ。彼女はそんなんじゃないです」

確かに霧香は変わったところはあるが、普通の女の子だ。少なくとも凪はそう思っている。

「いずれにしても君が決めることだ。ひとつ大事なことを教えよう。彼女はすごい技術を持っていたわけじゃない。誰でも簡単に使える監視アプリを使っただけだ。ネットでなにかを知らないいってことは、知っているヤツに好き勝手にされるってことを意味する。これからは気をつけた方がいい」

マスターの言葉に凪は素直にうなずいた。この人の言うことは素直にきける。昔から凪は男性の年長者に惹《ひ》かれることが多かった。それも親子ほど年の離れた相手。幼い頃に父を亡くして母と姉に育てられたせいかもしれない。

霧香のことは最初から少し変わった子だと感じていた。霧香は同じ学部だから、講義でよく顔を合わせた。そのうち彼女から声をかけてくるようになり、一緒の講義で隣に座るようになった。なんで自分のような目立たない男子に声をかけてくれたのかと戸惑いを覚えた。

とにかくきれいな子だな、というのが最初の印象だった。黒髪につぶらな瞳、すらりとした手足。人形のように整った容姿をしていて、かなりの美少女だ。なんらかの好意を持たれているのは確かなようだ。霧香と顔を合わせる度に意識するようになった。

ただ、気になることがあった。これだけの美少女であるにもかかわらず、誰ともつきあっている気配もないし、親しい友達もいないように見える。なにかわけがありそうだ。霧香が隣に座るようになって、しばらくしてその理由がわかった。

隣の席にいると、美しさと裏腹の奇矯《ききょう》なふるまいが目につくようになったのだ。常にタブレットを持ち歩き、講義はほとんど聴かずにずっとなにかを操作している。時々舌打ちする。はすっぱな女の子ならなんとも思わないが、いかにも清楚《せいそ》な美少女といった風情の霧香の舌打ちはひどく違和感がある。人によっては幻滅するだろうが、凪はむしろほっとした。完全無欠の美少女は恐れ多いと思っていたから、いらいらした表情を浮かべてタブレットをにらんでいる霧香の隙だらけの様子が愛らしくさえ見えた。

同じ学部の男子に忠告されたこともある。

「倉橋には気をつけろよ。顔で騙されると、振り回されてつぶされるぞ」

つぶされるとは穏やかじゃない。霧香と同じ高校だったというその男子は、高校時代に霧香がつきあった相手が短期間で手ひどく振られた話を聞かせてくれた。霧香の見かけに惹かれてつきあいだし、外見からは想像できない言動に驚き、ついてゆけなくなったところで霧香に愛想をつかされて振られるのだそうだ。そのせいで高校三年生の頃の霧香は珍獣扱いされていたという。確かに、珍獣というか、かわいい不思議な生き物という感じがする。

時々タブレットのお絵かきアプリに手書きの文字を書いて見せてくれるのも凪にはポイントが高い。もしかしたら普通の男子は引くのかもしれないが。

「いつも隣にいて邪魔だったらごめんなさい」

赤くなった顔を隠すようにタブレットを凪に向けるさまが愛らしくて、全然そんなことない、僕だって楽しい、と答える。すると、霧香はなにも答えず、赤い顔をさらに真っ赤にしてタブレットを顔に押しつけて動かなくなる。舌打ちしたり真っ赤になったり、まるで子供のように感情を素直にぶつけてくる。あまりにも無垢《むく》で戸惑ってしまう。

ある日、思い切って講義の後で食事に誘うと、霧香は大慌てでタブレットを取り出し、「ありがとう」と書いて顔を隠した。食事の間、凪はいろいろ話しかけたが、霧香は緊張しているようで言葉少なにしか答えなかった。時々タブレットになにかを表示させて、「これのこと」と見せる。そのぎこちない様子が凪には新鮮だった。

食事の後、ふたりで並んで駅まで歩く道すがら、霧香の歩き方がおかしいことに気がついた。右手と右足を同時に前に出している。こんなにわかりやすく緊張する人を見たのは初めてだ。霧香の気持ちが伝わってきて、凪も落ち着かなくなる。駅が見えてきたあたりで、霧香は立ち止まり、凪の顔を見た。またタブレットを出すのかと思ったら、そうではなかった。

「これってデートで、私たちはつきあい始めたという理解であってますか？」

正面から顔を見つめられ、震える声で質問された。あまりにストレートな表現に戸惑ったが、正直うれしかった。でも、どうしていいかわからない。なにしろ凪は告白したことも、女性とつきあったこともない。距離を縮めようと思って食事に誘い、それから少しずついい関係になれればと考えていた。まったくもって心の準備ができていないところに、霧香は一気に踏み込んできた。軽くハイタッチしようとしたら、突然渾身《こんしん》のボディブローを返されたような気分だ。

それでもなにか言わなければいけない。引いていると思われたら困る。口を開くと声が震えて、思ったよりも緊張していることに気がついた。うまく言葉が出てこない。

「倉橋さんがよければ……僕はそのつもりだったし……」

霧香は一歩近づくと、凪の顔をじっと見つめた。

「じゃあ、電話番号やメールアドレス、フェイスブックのアカウントにツイッターやＬＩＮＥも……あと生年月日と住所も、とにかく全部教えてね。つきあうんだから全部知りたい。私のも教える」

えっ、と思った。スマホの番号やＬＩＮＥは必要だろうけど、まるまる全部教え合わなくてもいいんじゃないかと思う。でも、そこまでしたいほど好きなら断ることなんかできない。なにも言えずにタブレットで顔を隠す霧香と、ありったけの個人情報を交換しようと提案してくる霧香のギャップに戸惑いながらも承知する。

互いの情報を教え合うと、霧香は満面の笑みで、「これで、私たちは正しいプロトコルでつきあっている恋人になりました」と告げた。プロトコルってなに？　と凪が訊ねると人間がコミュニケーションするための基本手順のようなものだと霧香は答えた。どうやら彼女の中では、「つきあっている」という相互の確認を行った上で、最大限の連絡手段を確保することが恋人としてのプロトコルになるらしい。とにもかくにも、霧香との交際はそこから始まった。

霧香はきっと不器用なのだ。自分の気持ちを抑えられないし、だからといってうまく伝えることもできない。それでおかしなことをしてしまう。それがわかるから凪は胸が痛かった。霧香を責める気にはなれない。

翌日の午後、凪は再びブラックスノウを訪れた。マスターは凪の表情を見て破顔すると、なにも言わずにお冷やを置く。

「スノウブレンドください」

凪は、はにかんだ笑みを浮かべ、カウンター席に腰掛けて注文する。

マスターは軽くうなずくと、豆を挽《ひ》き始めた。なにか質問されるかもしれないと思っていた凪は、いささか拍子抜けした。だが、時々こちらを見るマスターの目が、「あれからどうなった?」と訊ねているようにも見える。

「僕は甘いんですかね。マスターにあのアプリが評判悪いってことを教えてもらったのでアンインストールしたって彼女に伝えました。直接彼女を責めることはできませんでした。でも、彼女の顔色が変わったから、こっちが彼女のしようとしたことに気づいたのは伝わったと思います。これで頭を冷やしてくれるといいんですけど」

問わず語りに話し出した。湯気の向こうのマスターがうなずいた。なぜかこの人の前だと話しやすいと凪は思う。余計な愚痴までこぼしてしまいそうだ。

「君は、いいヤツだな。彼女を責めなかったわけだ。やさしいんだ」

ほめられているようにも思えるし、ウソを責められない優柔不断なヤツと暗に言われているようにも思える。結局、自分は霧香に対して強い態度には出られない。

「やさしいわけじゃなくて、物事をはっきりさせるのが苦手なんです。ほんとうは、ちゃんと彼女と話し合うべきなんでしょうけど。ああまでして、相手の行動を知りたい気持ちって僕にはわからないけど、うれしいような気もするし……」

凪は頭をかいた。

「なるほど……ね」

マスターは凪の前に、湯気のたつ珈琲カップを置いた。かぐわしい珈琲の香りに包まれて凪はほっとした。

「本当に好きになると、二十四時間監視したくなるものなんでしょうか？　そういう気持ちのわからない僕は冷たいのかなあと考えちゃったりしました」

「青春だねえ」

奥の席から女性の笑い声がした。この間の女性だ。あの人は、いったいこの店のなになんだろう？　いくらなんでもいつも居すぎる。

「いつかわかる時が来るさ」

カップに口をつけた凪の顔をやさしく見つめ、マスターが独り言のようにつぶやいた。

「来るんですかね。楽しみのような、怖いような気がします」

「かーっ、若いっていいなあ。あたしもそんなセリフ言ってみたい」

女性がおおげさに両手を挙げる。凪は思わず笑った。

「オレのことはマスターと呼んでくれてもいいが、オレだけ君のことを知っているのもなんだかフェアじゃない。あらためて名乗っておこう。加村良介《りょうすけ》だ」

マスターはカウンターの下から名刺を出し、凪に差し出した。名刺をもらうことなど初めての凪は、あわてて椅子から降りると頭を下げて両手で受け取った。白地に黒く細い字で、「珈琲店ブラックスノウ　加村良介」とあり、電話番号と住所が書かれていた。

「なにその展開？　男同士はもう仲良しってわけ？　ねえねえ、あたしは西村夏乃。会社が近所なの。少年、よろしくね」

元気のよい女性の声に気圧《けお》された凪は、はあと答える。西村は席を立つと、すたすたと凪に近づく。近くで見ると、はっきりした顔立ちのラテン系の美人だ。

「西村さんはやり手の社長さんだから、社員に仕事をまかせっきりでいいらしい。うらやましいね」

マスターがそう言うと西村はまたおおげさなアクションで、「違うってば！　大変なんだって」と否定した。魔女のような見かけとは違い、明るい人らしい。

「扱ってる商品がひとつしかないから、ヒマな時と忙しい時の差が激しいのよね」

と言いながら西村は名刺を差し出した。妙に緊張する。霧香とは違う匂いがした。

「あ、ありがとうございます」

「そんなたいそうなもんじゃないから」

名刺を見ると、細い字体で「ＣＣ株式会社」と書いてある。なんの会社か訊ねる前に、西村は自席に戻ってしまった。

「なんの仕事をしているか説明するのが大変なの。ネット関係の仕事ってくらいで勘弁して」

西村は疑問を見透かしたように言う。

その日、店を出る時、「困ったことがあったら、いつでも連絡してくれ」とマスターに声をかけられた。それがひどくうれしかった。

暗い店の階段を昇ると、鮮やかな夕焼けで街が染まっていて、歩き慣れた景色が違って見えた。

ふと視線に気づいて振り向くと道端に霧香が立っていた。見たことのない不安げな表情を浮かべている。なぜだか、悪いことをしたような気になった。悪いことをしたのは向こうなのだが、あの顔を目にしたら守ってあげたくなってしまう。

「どうしたの？」

思わず声をかけて近づくと、霧香はタブレットで顔を隠した。

――ごめんなさい。もうしません。

タブレットには震える字でそう書いてあった。タブレットの下から上目遣いに凪をのぞき見ている。計算しているんじゃないかと思うほど、いじらしくかわいらしい。胸が熱くなり、気がついたら霧香の頭を撫《な》でて、声をかけていた。

「そんなに気にしてないから」

霧香はタブレットで顔を隠したまま、うなずく。

「だから、ちゃんと顔を見せてくれないかな」

凪が諭すように言うと、霧香は黙ってうなずく。でも、顔はタブレットで隠したままだ。どうしたものかと凪は思う。

「うん、うん、ありがとう」

まるで自分に言い聞かせるように霧香は何度もうなずいている。いたずらした子供が、親に叱られて怯《おび》えているようだ。凪は胸が詰まった。

「ほんとにもう気にしていないから」

凪が重ねて言うと、霧香はやっとタブレットをおろした。でも、顔を上げようとはしない。ハンカチを取り出し、そそくさと顔を拭きかけて手を止めた。

「あの……二十七秒間あらぬ方をながめていてもらえるかな？」

と赤い顔でつぶやく。二十七秒という半端な秒数はどこから出てきたのだろう？

「あらぬ方」ってどっちのことだろう？ と思いながら、霧香に背を向けて適当な方向に視線を向ける。うしろで霧香が顔を拭いたり、鼻をかんでいる音がした。二十七秒後に振り返ると、いつもの彼女に戻っているのだろうと思うと、凪は少しうれしくなった。


ふたりはその後、ブラックスノウの常連客になった。

＊＊内通者Ａ
内通者Ａはいくつかの課題を与えられていた。ブラックスノウのマスターの正体を探

ることもそのひとつだが、足繁《しげ》く通っていても全く手がかりがつかめない。喫茶店の主という以外にもなにかあるはずだが、一向に尻尾を出さない。

　Aは愛する〝彼〟の命じるまま事情もよくわからずに偵察に日参している。ひとつだけはっきりしているのは、〝彼〟はブラックスノウのマスター加村に復讐《ふくしゅう》をするためにAを利用しているということだ。

　マスターと〝彼〟の間になにがあったのかAにはわからない。ただAは〝彼〟への自分の愛の証《あかし》として、言われるままに動いている。


　内通者Aと〝彼〟との出会いは、Aの大学入学時までさかのぼる。大学の新歓コンパで気持ちが悪くなったAは、ふらふらと大学の近くをひとりで歩き、二又交番を過ぎた辺りで、疲れて横の路地に入ってしゃがみ込んだ。慣れないアルコールとたくさんの人のせいだ。しばらくじっとしていると、少し落ち着いてきた。

「だらしないな」

　その時、〝彼〟がAに声をかけた。Aは〝彼〟の顔の冷たい美しさに惹かれ、誘われるまま〝彼〟の部屋についていった。〝彼〟は優しい言葉や甘い口説き文句は口にしなかった。それでもAは〝彼〟に溺れた。指先が肌に触れるだけでAの口から声が漏れた。

「黙れ」、「こうされたかったんだろ」、「言う通りにしてろ」……そんな風に命令され、従った。Aは自分があまりにも従順なことに驚いた。催眠術にかかったように〝彼〟に言われるがままにしていた。これまで誰にもそんな風に扱われたことはない。

「お前は、僕の持ち駒だ」

そう言われて、Aはうれしくなった。

Aにとって、〝彼〟はそれまでの誰とも違う男だった。月のように冷たく輝く夜の王だと思った。自分を好きなだけ犯し、蹂躙《じゅうりん》する〝彼〟にAはのめり込んだ。

優しい男には魅力がないとまで思うようになった。これまでつきあった相手は、みんな優しかった。だから、自分の心になにも残らなかったのだと考えるまでになった。

冷たくされ、時にはきつい言葉や行動で深く傷つけられるほどにAはのめり込んだ。愛ゆえの憎しみすら抱いた。しかし、あたたかく抱きしめられ、優しい言葉をかけられると全ての感情が蜜のようにとろけてしまう。Aは自分を愚かだと思ったが、止めることはできなかった。

Aはどんどん深みにはまり、〝彼〟の仕事を手伝うようになった。ATMで金をおろし、窓口で送金する。使い捨てにされる末端の犯罪者の仕事。わかっていても断れないし、うれしいとすら感じる。

Aも自分がいいように利用されていることはわかっていた。〝彼〟の言うことをきき続ければ、もっと堕《お》ちてゆくだろう。そして最後に待っているのは破滅だ。わかっていても止めることはできなかった。どうせいつか死ぬのだ。好きになった相手に殉じるなら、それ以上の喜びはないだろう。いつ、どこで、誰のために生まれるかは自分で決められないが、誰のために死ぬかは決められる。Aはそんな風に考えるようになっていた。

やがて〝彼〟の仕事を手伝うようになるとAには、〝彼〟のしていることがわかってきた。くわしいことまではわからないが、おおがかりなサイバー犯罪だ。Aはその中の歯車になった。愛情を試されるように、くわしい説明なしで犯罪を手伝わされる。

Aは〝彼〟の命じるままにSNSで誰かをフォローしたり、メールを送ったり、与えられたプロフィールの人物になりすましたり、わけのわからないまま、不安と好奇心と、〝彼〟にほめられたい一心でなんでもやった。

「よくやってくれたね」

と言われると、Aは涙がこぼれるほどうれしくなった。〝彼〟と〝彼〟の犯罪は麻薬のように心を蝕《むしば》み、Aを虜《とりこ》にした。

なぜ、ここまで〝彼〟に執着するのかわからないままAは、〝彼〟のためにブラックスノウに通い続けた。

第二話

晩夏　けもの道

晩夏の昼下がり、大学の夏季特別講義を終えた月島凪と倉橋霧香は珈琲店ブラックスノウでひと休みしていた。一番奥の席にはいつも通り、黒いワンピースを着た常連の西村夏乃が座っている。凪と霧香がここに来ると必ず、その席に西村がいる。

さきほどから霧香はタブレットにいろいろな画面を表示して、最近はまっているゲームについて凪に説明している。凪は興奮気味に話す霧香の様子がかわいくてずっと聞き入っているが、内容は全く理解できていない。ゲームが嫌いなわけではないが、最近はほとんどやっていない。霧香の話しているゲームは設定が複雑だ。イカになってインクを塗るゲームらしいのだが、それがいったいどのようなルールで成立しているのか、一時間近く話を聞いても凪にはまだわからなかった。

霧香はタブレットにゲームプレイを実況している画面を見せて凪に一生懸命何度も説明してくれる。凪にとってはゲームよりも、霧香のその様子がかわいくて見とれる。

「ねえ、まだよくわかってないよね。今度一緒にやろう」

　霧香に少しふくれた顔で言われ、どきりとした。一緒にゲームをするということは、凪の部屋か霧香の部屋でってことだ。いや、凪はゲーム機を持っていないから、必然的に一人暮らしの霧香の部屋に行くことになる。つきあっているのだから彼女の部屋に遊びに行ってもおかしくはない。しかし、これまでそんなことをしたことがないから緊張する。いや、そもそも霧香がそういうつもりで言ったのかどうかもわからないのだけど。

　霧香はそんな凪の変化に気がついたのか、おしゃべりをやめて凪の顔を見た。霧香は基本的に人の顔を正面から見ることが少ない。なにかあった時だけだ。凪はもしかして自分の顔が赤くなっているのかと少しあせった。

「この曲を聴いてると苦しくなるんだけど、あたしっておかしいのかな？」

　霧香は凪の予想と全く違うことを言い出した。照れ隠しなのかもしれない。凪も耳をすましてみる。ボーカルのない曲なのだが、楽器の音がまるで人がささやくように聞こえて心地よい。いったいなんという曲で、誰が演奏しているのだろう。マスターの好みから考えるとジャズなのだろう。

「『死刑台のエレベーター』。古いフランス映画の曲だ」

　マスターが教えてくれた。

「懐かしいな。モノクロ映画でしょ？」

　西村が応える。

「その通り。ルイ・マルが最初に単独で監督した作品。ところで今日の西村さんは静かだ」

　マスターが西村に向き直る。

「愚痴こぼしたいけど、誰にも言えないのよね」

西村はため息をついた。いつも元気な西村でも落ち込むことがあるのかと意外に思う。

「だいたい察しはつく」

　マスターの言葉に西村が再びため息をつく。

「わかる？」

　西村の問いにマスターは苦笑する。

「インシデントですね？」

　インシデント？　突然の英語に凪は戸惑ったが、横にいた霧香がすぐに声をあげた。

「インシデント？　セキュリティインシデント？　ってことは事件ですね？」

　目が輝いていて好奇心を隠そうともしない。

「お嬢ちゃんの喜ぶようなミステリじゃなくて、ありふれた内部犯行。あたしのお客の会社の不祥事ってヤツ。でももう事件は解決済み」

「解決済み？　どうしてそんなにため息をついているんですか？」

「なにも解決されていないからさ。とりあえず蓋をして終わり」

西村が困った顔をすると、マスターが代わりに説明を始めた。

「多くの企業では内部犯行を表沙汰にせず、内々に処理するものだ。会社やサービスの信頼や評判が落ちるのを恐れているんだろう。犯人は社内では解雇などの罰を受けるが、会社の外では誰もそんなことは知らない。ふつうに暮らしてゆける。それが西村さんには納得いかないいんだろう」

マスターの説明に霧香が驚く。

「えっ？　じゃあ、やったもん勝ちってことですか？」

「前の職場を辞めた理由を調べられることもあるから、潔白のままというわけにはいかない。しかし前科のようにはっきりしたものは残らないし、解雇以上の罰を与えることもなかなか難しい。特にシステム関係は内部犯行をやりやすいんだ。西村さんは仕事がらそういう事件に当たることが多い」

「なくせないんですか？　じゃなきゃ、隠さずに警察に届けるとか」

凪が質問する。

「システムがらみの内部犯行は、横領や使い込みよりも隠蔽《いんぺい》されやすい傾向がある。内部の人間が個人情報を持ち出して売ってしまったことが世間に知れると賠償金を払わざるを得ないことになる。黙っていればばれないかもしれない。だから構造的になくしにくいものなんだ」

壁の棚のカップをながめながらマスターが答えた。

「大学の講義より勉強になるわあ」

霧香がタブレットにメモする。

「企業が意図して隠蔽や偽装をしなくても、内部犯行よりは外部犯行の方が世間体がいいから、そちらの証拠があればそちらを信じたくなるだろう。外部犯行なら被害者になれる」

「それって結局、会社ぐるみのウソにしか思えません」

凪がぽろっとつぶやくとマスターはうなずく。

「そうなんだけどね」

西村がため息まじりで答える。

「本来は企業責任を問われるべき問題のはずなんだが、現実はなかなかそうはいかない。ぎりぎりまでウソをついて、そして破滅する」

破滅という言葉にどきりとする。マスターは、そこで話をやめ、洗い物をはじめた。なんだかそれ以上質問しにくくなって凪は黙る。

「マスターってなんでそんなにサイバー犯罪にくわしいんですか?」

霧香は平気で質問を続けた。好奇心に火がつくと周りが見えなくなることがたまにある。

「さて……なぜだろう？」

マスターは洗い物の手を止めずに受け流す。

「なんだか凄腕《すごうで》のプロのような気がします」

霧香がつぶやくとマスターはふと手を伸ばしてなにかをいじる。音楽が変わった。女性のかすれた声が物憂げに店内に満ちてゆく。しばし凪はその歌声に聴き入った。霧香も静かになった。

「あたしが聴いちゃいけない曲のような気がする」

霧香がひとりごとのようにつぶやくと、マスターがかすかに笑みを浮かべた。

「ジャニス・ジョプリンの『サマータイム』。子守歌だ。君たちは、まだ若い」

マスターは洗い物を続けながら応じる。心をえぐるような歌声と子守歌というのがかけ離れている。

「あたしがこの曲を聴いたのは高校生の時。平凡で取り柄もないくせに、なにかできるような気になって家出して男と寝て帰ってきた。なにもできない袋小路。大学に入ってすぐに人生は変わったけどね」

西村がノートパソコンになにかを打ち込みながらつぶやく。音楽に聴き入ることを避けているようだ。

「人はそれぞれに合った速度で年を取る。オレや西村さんは早く年を取りすぎた。わざわざ人生を短くすることはない」

マスターの言葉に霧香が首をひねる。

「退屈で長生きするよりは、短くておもしろい方がずっといいと思います」

「迷いなく、そう言えるうちはまだ若い。怖いのは立ち止まった時だ。立ち止まり、それまでのことを考える。そこから年を取りはじめ、そして後悔する」

答えたマスターの顔は陰になって見えなかった。霧香は、そうなのかなあ、と頬杖《ほおづえ》をつく。

ふとスマホを見ると、すでに六時を回っていた。

「そろそろ帰ろうか？」

まだタブレットにメモを入力している霧香に声をかける。

「あ、うん、ちょっとこれだけマスターに訊きたい」

霧香は顔をあげると、マスターに向かって手を挙げる。

「なにか質問かい？」

「しつこくてごめんなさい。でも気になっちゃって。マスターってシステム関係の仕事なさってたんですか？　今もしてるとか？」

「こんなおっさんができるほど、システムの仕事はぬるくない」

「でも、いろいろ知ってるじゃないですか。それにお年寄りでもシステムの仕事している人もいます。高校の時の同級生のお父さんもシステム開発の会社でまだ働いてました」

「仕事じゃなくて、オレがぬるいのかもしれないな」

霧香はまた口を開きかけて、すぐにやめた。これ以上訊いてはいけないと悟ったようだ。普段は人の表情などに無頓着な霧香も、マスターの目がいつもと違うことがわかったのだろう。凪はちょっと安心した。


夕暮れの池袋の街。ブラックスノウを出て駅に向かう道すがら凪と霧香はさきほどのマスターの様子について話していた。

「謎があるよ。あのマスター、絶対なにか隠してる」

霧香は腕組みし、何度も首を振ってぶつぶつつぶやいている。

「考えすぎだよ」

凪は笑ったが、半分はそうかもしれないと思っていた。あのマスターには秘密がある。他人の秘密に興味を持つのは決して趣味のいいことではないが、ひどく気になる。

「でさ」

霧香は立ち止まると、じっと凪の顔を見た。なにか特別なことを言う前触れだ。

「これからうちに来てゲームしない？　その後でご飯を一緒に食べよう」

話しているうちに霧香の顔が赤くなり、タブレットで顔を隠す。軽く手が震えているのが見え、凪にもその震えが伝染した。こういう時になんと答えればいいのかわからない。もちろん行きたいのだけど、露骨にうれしそうにしていいものだろうか？　かといって気が進まないような印象を与えたらよくない。

「ほんとに？　いいの？　でも、早すぎないかな」

思わず変なことを口走っていた。霧香が目を丸くする。霧香の驚いた顔を見るのは初めてかもしれない。

「早すぎない……」

凪の言葉を繰り返すと、身体を曲げ、くすくす笑い出した。

「やめて。早いってなにが早いの？」

よほどおかしかったのか、霧香の声が途切れ途切れになる。

「いや、だって、その。ごめん。女の子の部屋入るのは初めてでさ」

全身からどっと汗が出る。顔がすごく熱くなって恥ずかしくてしょうがなかった。その時、霧香がすっと凪の手を握ってきた。いつもと違って力がこもっている。

「笑ってごめん。でも、うれしい」

霧香は笑うのをやめ、タブレットをバッグにしまうと、赤くなった顔を凪に向ける。

凪は言葉が出なくなった。無言で霧香の手を握り返す。凪に霧香が寄り添い、どちらも黙ったまましばらく歩く。

言葉はかわしていないが、手のぬくもりを通して、霧香の緊張と思いがじんわりと伝わってくる。

斜めから日が差し、街は少し赤く染まる。駅に向かう人、駅から出てくる人、人待ち顔で立っている人、雑踏の中をぴったりとくっついて進む。これはほとんどハグじゃないかと凪は思う。女の子とここまで近づいたのは自己最高記録だ。しかも、ずっとその距離を維持して歩いている。

しばらくすると駅が見えてきた。赤い顔で手をつないで歩くカップルって、どんな風に見えてるんだろうと凪は恥ずかしくなった。霧香を見ると、うつむき加減だけど楽しそうな笑みを浮かべている。よかったと思う。

駅前の横断歩道で霧香が凪の手を軽く引いた。凪が見ると、霧香は恥ずかしそうに、

「あの……あっちだから」とつぶやき、今来た道を指さした。

「え？　もしかして逆方向だった？」

「うん。大学から歩いていけるとこに住んでる。なんだか、もったいなくて言えなくて」

霧香はそう言うと、凪の手を強く握って何度も振った。照れ隠しのつもりだろう。で

も、「もったいない」ってどういう意味だろう？

「あっ、このままずっと歩いてたいなって思ったから、向きを変えたり、立ち止まったりするのがもったいなかっただけ。だって手をつないで歩いたの初めてだったし、このままずっとこうしてたいなって思って」

霧香は恥ずかしそうに説明した。ひどく緊張する。凪が強く手を握り返すと、さらに霧香も強く握り返してきた。それから前後に強く振りだす。霧香の気持ちが伝わってくるようなスイングだ。

変なのと思いながら、凪も一緒になって手を振る。身体がふわふわしてきた。

＊＊内通者Ａ
内通者Ａが〝人形〟とつきあい始めたのは、〝彼〟の命令だった。〝人形〟というのは〝彼〟がつけたあだ名だ。きれいな外見だけで適当につけたのだという。〝彼〟は加村への復讐のために利用できるものは、なんでも利用しようとしており、〝人形〟もそのひとつに過ぎなかった。

つきあっている相手がいた方が加村は信用する。ただそれだけの理由で、〝彼〟はＡに〝人形〟とつきあえと命じた。〝彼〟に言わせると、加村は美しいものが好きだから、つきあう相手はきれいでなければならないのだという。どこまでいってもAは、〝彼〟と加村のケンカの道具に過ぎない。Aはそこまで割り切れないし、マスターを憎むこともできない。

後ろめたい気持ちを抱きながらも、Aは〝人形〟とつきあい始めた。だから、なかなか深い関係にはなれなかった。だって、そこまでしてしまったら、自分だけでなく、相手まで戻れなくなってしまう。

「相手を信用させて利用するために寝た方がいい」

〝彼〟にそう言われたAは、自分とのこともそうなのかと胸がざわついた。ほんとうに好きな相手に、他の人間とセックスしろと命じられるはずがない。そんな当たり前のことを、Aは何度も何度も否定した。〝彼〟が与えた試練なのだと思い込んだ。

「僕のためにやってくれるよね」

そうささやかれると断れなかった。この冷たい悪魔のためなら死んでもいい。そんな風に自分を納得させた。〝人形〟を愛しているふりをして寝て利用する。自分も〝彼〟のような悪魔にならなければならない。

高校一年生の時、Aは同じクラブの先輩とつきあい始めた。それまでも何度か片思いをしたことがあったが、告白することができずに終わっていた。Aは人から拒絶されるのを恐れていたのだ。人から嫌われるような容姿ではないのだが、他人に好意を持たれる自信がない。

つきあい出したきっかけは、相手から誘われたことだった。Aがひとりで歩いていると、その先輩が後から追いかけてきて、カラオケに誘われた。興奮と緊張でよくわからないまま、一緒に歌を歌い、気がついた時にはAは抱きしめられていた。

Aはすぐに離れて、「からかわないでください」と言ったが、先輩は真剣だった。

「からかってない」

再び抱き寄せられても抵抗できなかった。口づけされた時は全身が痺《しび》れ、なにも考えられなくなった。騙されてもいいと思ってそのまま身体を預けた。

その後一年間つきあったが、先輩の卒業と共に自然消滅した。

Aはその後の二年間の高校生活で、三人とつきあい、別れた。なんとなく誰かがいないとさみしいからつきあっているだけのような関係だった。相手はみんな優しかったが、短い期間のつきあいだった。一緒にいても満たされない、相手の気持ちがわからない。言葉にできないわだかまりがたまっていって、ささいなことが原因で別れてしまう。その繰り返しだった。

最初につきあった先輩だけが本当の恋だったような気がした。もしかしたら、自分はこのまま二度と誰も好きになれないのかもしれないとAは本気で悩んだ。平凡で取り柄のない自分だが、このまま何者にもなれずに朽ちてゆくのは嫌だった。
そんな時、Ａの前に〝彼〟が現れた。

第三話

秋　奇妙な面接者

霧香との距離は以前よりもずっと近くなったが、凪はあと一歩が踏み出せないでいる。

先月、大学の帰りに霧香のマンションに寄った。１ＬＤＫのリビングは意外と広く、カーペットが敷き詰められていた。ふたりで宅配ピザを食べながらビールを呑み、ゲームをしただけだった。かなり貴重なチャンスを逃した気がするが、今さら後悔してもしょうがない。なるようにしかならないと凪は自分に言い聞かせたが、頭のどこかで、「ほんとにそれでいいのか？」という声がした。


その日、凪は珈琲店ブラックスノウで霧香を待っていた。ちょっと緊張する。ここで霧香を待つのは初めての経験だ。霧香は、「学内で待ち合わせしていけばいいのに」と不思議そうだったが、凪は寄るところがあるからと説明した。

「怪しい。一緒に寄ってもいいのに」

霧香は納得していない様子だったが、凪はなんとかなだめた。

　待ち合わせ時間の少し前に霧香がやってきた。重く黒い扉を少し開けると、そこから首だけ出して中の様子をうかがう。初めてひとりで店に入るから緊張しているのだろう。小動物のようでかわいらしい。その様子をながめていた凪に霧香が気づいて、ふだんより一オクターブ高い声をあげた。

「えっ？　あれ？　どういうこと？」

　思った以上の反応だった。凪は彼女の驚いた顔に思わず声を出して笑ってしまった。

「どうなってるの？」

　霧香はカウンター席に腰掛けながら質問する。

「こんなに驚くとは思わなかった」

　凪はくすくす笑いが止まらない。霧香がなおもなにか言おうとすると、凪の横のマスターが霧香の前にお冷やの入ったグラスを置いた。

「すまない。二時間だけ君の彼氏を借りた」

「借りた？　臨時のバイトですか？　なんだあ。ずっとここで働くのかと思っちゃった。大学辞めてマスターとここで仕事する凪の人生を想像してしまった」

「ものすごい想像力だ」

　いつものことながら霧香の妄想は予想できない。霧香の目には、黒いズボンに白いシャツ、黒いベストの凪は、ふだんのジーンズ姿とはだいぶ違って見えたらしい。凪自身も、着ているだけで背筋が伸びるような気がしていた。

「急に団体のお客さんが入ってしまってね。一時間だけの短い貸し切りだから、オーダーを早く処理しないと迷惑をかけてしまう。それで月島くんに頼んだんだ。いつもお願いするバイトの子がちょうど来られなくてね。おかげで無事に終わった」

マスターはまだなにも注文していない霧香の前に、「これはオレからのお詫《わ》びだ」と湯気の立つ珈琲を出す。

「そうなんだ。でも、ほんと驚いた。凪が喫茶店で働いてるのって想像したことなかった。それに、すごく似合ってて、いつもの凪じゃないみたい」

霧香は凪とマスターを代わる代わる見比べる。じろじろと見られて、凪は少し照れた。マスターは男の凪から見てもカッコいいし、長年やっているだけあって服もなじんでいる。それに比べると、自分は全然サマになってないような気がする。服を着ているというより、服に着られている感じだ。ふだんのラフな格好と違ってこの服は自分がなにを着ているかすごく意識させられる。

「似合ってるかなあ?」

自信なさそうにつぶやくと、マスターが横目で凪を見た。

「西村さんもそう言っていた。オレも悪くないと思う」

マスターが目を細める。

「少年がその服を着ると、この店の雰囲気に妙になじむんだよね。マスターと並ぶと、あたし的にはご馳走《ちそう》って感じ」

いつもと同じ奥の席から西村が応じる。

「確かにご馳走かも。凪がこんな風になるなんて思わなかった。整った顔をしてるから、お人形さんみたい」

霧香に見つめられて、凪の頬が熱くなる。

「なんか恥ずかしいな。こんな風って、どんな風？」

「ふだんはふつうの男の子だけど、その服を着てると美少年執事に見える」

「美少年？　僕が？」

「うん。凪って整った顔してるけど、美少年って感じはしなかったんだよね。でもそういうきちんとした服を着ると印象が変わる」

「それにマスターといいコンビって感じ。霧香ちゃんはおとなしく少年を諦めてマスターにゆずってあげた方がいいかもね」

西村が茶化す。霧香は憮然《ぶぜん》とし、凪は思わずうつむく。

「西村さん、あまりおもちゃにしないでほしいな」

見かねた様子でマスターが口をはさんだ。

「男同士って、どうなんでしょう？　あたしにはよくわからないです。そうなったら嫉妬するのかな？　それとも興味津々になるのかな？　リアルにそういうことはないと思うけど」

霧香が真顔で首をひねる。

「え？　霧香ちゃんってもっと嫉妬深いと思ってた。あたしだったら、相手が誰でも嫌」

「嫉妬深くないですよ。ただ、気になるとくわしく調べたくなるだけです」

霧香が少しむきになった。

「気になるのも嫉妬のうちだと思うけどね」

西村の言葉に霧香の頬が赤くなり、いたたまれない様子で下を向く。凪は霧香がいじめられているように感じてかっとなった。守らなければと、とっさに感じる。

「西村さん！」

声をかけたが、次の言葉が出ない。

「言いすぎたかもね。ごめん」

西村は素直に謝った。

「あ、いえ、そんな。あたしこそ、おおげさなリアクションしてすみません」

霧香もうつむいたまま、小さな声で答える。

「すみません。僕も失礼しました」

凪も頭を下げる。

「カウンターの内側にいる時、君の前にいるのは神さまだと思うといい。神さまはそれぞれクセがあるし、ひどいことも言うが、立ててあげなきゃいけない」

マスターがグラスを拭きながらつぶやき、凪は、「はい」と小さく返事をした。

「でも、バイトの時間は過ぎてる。帰っていいよ。帰る前に一杯珈琲をおごろう」

「じゃあ、お言葉に甘えて珈琲をいただきます。着替えてきますね」

凪は答えてカウンターの横の扉を押して着替えに行く。

「着替えちゃうんだ」

霧香と西村が同時につぶやき、マスターは苦笑いした。


いつものジーンズ姿になって戻ってきた凪を霧香はまじまじと見つめた。

「普通に戻ったね。男子でも服でこんなに変わるんだ」

感心したようにつぶやく。

「そうかなあ。確かに着てる感じはだいぶ違うんだけど、見た感じもそんなに違うんだ」

凪は首をひねる。自分ではよくわからない。ただ、さっきと違い、肩が凝るような感じはない。ごく自然でいられる。それから小一時間、霧香と話をした。

「凪、よかったらこれからも忙しい時に手伝ってくれないか？」

ふたりが席を立つとマスターが視線を手元のカップに向けたまま、話しかけてきた。凪と呼ばれるのは初めてだ。妙にどきどきした。マスターに頼りにされるのもうれしい。

「あ、はい。大学はそんなに忙しくないんで大丈夫です」

凪が即答すると、「あたしとのデートは？」と言いたげに霧香が袖を軽く引っ張った。あわてて、もちろん忘れてないよと視線で応える。

「霧香ちゃん、すまない。無理は言わないようにする。彼があまりにもこの店の雰囲気にはまってたんでね。お客さまへの対応も初めてとは思えないくらいうまかった」

マスターがはにかんだような笑みを見せる。店に通ううちにマスターは霧香のことを「霧香ちゃん」と呼ぶようになっていた。

「ねえ、マスター。少年がカウンターに立つ時は、あたしにＬＩＮＥで教えてちょうだい。美少年は珈琲の香りによく合うから鑑賞に来る。絶対来る！」

西村が嬉々《きき》として凪を見る。思わず頬が熱くなる。

「あたしも見に来ます！」

霧香が対抗するかのように西村をにらむ。西村は、それを余裕の笑みで受け流す。霧香がますますむっとする。

「ごめん。引き留めてしまったな。今日はありがとう」

マスターがさりげなく女ふたりの話に割って入ったので、凪はほっとした。

凪は、それから週に一回か二回、店を手伝うようになった。正直言ってアルバイトとしては効率がよくない。時給は塾の講師や家庭教師ほど高くないし、かといってまとめて長い時間働けるわけでもない。それでも応じてしまう。

最初は肩が凝るような気がした服装もだんだん慣れてきた。着ると背筋が伸びてスイッチが入る。西村や霧香が言うように美少年かどうかは別としても、自分でない誰かを演じている気分になり、普段ならおっくうに感じてしまう人とのやりとりも、このカウンターに立っていると苦にならない。客に話しかけられれば、ごく自然に受け答えできる。

それにマスターの近くにいると妙な安心感がある。職場だから当たり前なのだが、この人の指示に従っていれば間違いないという気がして、「これをあちらのお客さまにお出しして」と言われると、これまでの人生でなかったくらいの素直さで、「はい！」と答える自分がいる。お父さんというのはこういう感じなのかもしれない。

マスターは手が空いた時に、凪の知らない珈琲のことや昔の映画の話をしてくれた。落ち着いた声に聞き入っていると時間を忘れる。

この人には人を包み込む〝なにか〟がある。でも、それに慣れきってしまうと、依存してしまいそうで怖くもある。

バイトする時間のほとんどは団体客の貸し切りのため、霧香も西村もおらず、客は、自分たちの話に夢中でこちらにはあまり注意を向けない。そのうえ客が話している単語は聞いたことのないものばかりで凪には全く理解できない。人に囲まれているのに、ふたりきりのような不思議な空間だった。

貸し切りの客はたいてい一時間か二時間で帰り、それから霧香と西村がやってくる。ふたりの顔を見ると、凪は現実に引き戻される。

「それって符牒《ふちょう》なんじゃないかな？　だから横で聞いていてもわけがわからない」

ある日、バイトが終わって霧香とブラックスノウから一緒に帰る道すがら団体客のことを話したら意外な答えが返ってきた。霧香は貸し切り客のことが気になるようで、これまでも凪にいろいろ質問してきた。

「符牒？」

「暗号みたいなもの。たとえば〝アメリカ〟のことを〝パン屋〟って呼んだり、〝秘密兵器〟のことを〝ジョーカー〟って呼んだりする。違う言葉に置き換えると、誰かに聞かれてもわからないでしょ。それにその言葉がわからない人がいたら仲間じゃないってすぐにばれる」

なるほどと思うが、そんなおおげさなものではなくて、単に凪の知らない業界用語か専門用語のような気がする。

「まるでスパイ映画みたいだな。おもしろいけど、あの人たちスパイには見えないよ」

凪は客の姿を思い出しながら答える。スーツ姿の会社員風の人が多かった。サングラスをかけたり、怪しげな雰囲気を漂わせたりはしていなかった。

「そうかなあ。凪にはなにかピンと来るものはないの？」

霧香は脳内で想像の翼を羽ばたかせているのに違いない。放っておくと、どこまで飛んでいってしまうかわからない。

「そんなに気になる？　どっかの会社が会議室代わりに使ってると思ってたんだけど」

「マスターにどんなお客さんなのか訊いたことある？」

「うん。近くの会社の人って言ってた。お客さんのことをくわしく訊くのもよくないような気がして、それ以上は訊いてないんだ」

「近くの会社……怪しい。マスターもグルだ。わかってて秘密の会議場所を提供してる。凪、気をつけてね。知ってはいけない秘密を聞くと消されるかもよ」

霧香の頭の中でどんな光景が広がっているのかわからないが、どうやらかなり大規模な陰謀らしい。

「他には気がついたことないの？」

「うーん。お客さん同士の話を聞くのもよくないような気がするし、専門用語っぽいのが多くて聞いてもわからないんだよね」

「そうなんだ。じゃあ、いっそ録音してあたしに聞かせて」

「それはいくらなんでもマズイよ」

凪はびっくりした。そこまで霧香が興味を持つとは思わなかった。確かに正体不明の不思議な集まりではあるのだけど。傍《はた》から見たら、どんな集まりも正体不明なんじゃないだろうか？

「なにか秘密の作戦が進んでいるんじゃないのかなあ」

日暮れの池袋の街は、いつもと同じく会社員と学生たちでごった返している。時代から取り残されたようなうさんくさい街の小さな喫茶店で、そんな秘密作戦が進んでいるなんて霧香らしい妄想だ。

赤ん坊がどこからやってくるかを真剣に考えた幼いシャーロック・ホームズは、妊婦の往診に来る医師の鞄《かばん》の中に入っていると推理したという。霧香の妄想もそれに似ている。論理的なように見えて、どこかでずれているんだろう。もっともらしいのに、結論は突拍子もない。凪は苦笑したが、その時、あることを思い出した。

「そういえば、ひとつ変なことがあるんだ。団体のお客さんが来ると、携帯の電波が入らなくなる」

「え？」という声とともに、霧香の瞳がきらりと光った。

「きっと盗聴されないように妨害電波を出しているに違いない」

凪が思わず吹き出すと、霧香は顔を赤くして、「だって、だって、そうとしか思えないでしょ」とむきになった。

霧香は、その後も陰謀論を捨てきれないようで、ブラックスノウでさりげなく団体客の話をマスターに訊ねたり、盗聴や妨害電波の話題を振ったりしたが、マスターは知ってか知らずか、「さあ、どうなんだろうな」と曖昧にぼかし、「お客さまのことは、あまり言えないからな」と逃げた。

そして霧香が質問を続けるよりも先に、「そういえば……」と最近のサイバー関係のニュースの話を持ち出して、話をそらした。


ある日のバイトが終わり、凪が着替えて帰ろうとすると、マスターに呼び止められた。店に来ていた霧香は先に出て待っている。

「明後日《あさって》のバイトの後だが、もし特に用事がなかったら呑みに行かないか？」

凪が振り返ると、マスターは背中を向けてカップを棚にしまっているところだった。

「あ、はい」

突然のことだったので少し声がうわずった。

「おもしろい呑み屋があったら、教えて欲しいっていただろう？」

そう言いながら振り返ったマスターと目が合う。猛禽類のように鋭い、澄んだ瞳に、凪はどきりとする。

「そういえば、そんなことをお願いしてました」

萎縮して、ていねいな口調になった。

「都合が悪かったら別の機会にしよう。もし行けるなら、彼女も一緒に行こう。おごるよ」

マスターは凪の顔から目を離さずに続けた。霧香も一緒と聞いて、少し緊張がほぐれた。

「いいんですか？　なんか申し訳ないです」

「いやいや。たいした稼ぎにもならない仕事を手伝ってもらっているんだ。たまにはお礼をしなきゃ罰《ばち》が当たる」

凪から視線をはずして、少し照れたように話す。

「じゃ、じゃあ、お言葉に甘えて……霧香にも都合を訊いておきます」

そう言うと、凪は店を出た。地下から階段を昇る足どりが軽かった。どんな店に連れて行ってもらえるのか楽しみだ。階段を昇りきると、店の前で待っていた霧香が不思議そうな顔をした。

「どうしたの？　なんだか、にこにこしてる」

凪がマスターに誘われたことを話すと、霧香もすぐにOKした。拳を握ってガッツポーズまでしたところを見ると、マスターを質問攻めにするつもりなのかもしれない。一抹の不安が残るが、あのマスターのことだからうまくスルーしてくれるだろう。

翌々日の夜、八時で店を閉め、三人は店を出た。夜の喧噪《けんそう》とネオンが池袋特有の猥雑さを醸し出している。昼間はきれいに着飾っていても、夜になると化けの皮がはがれる。

「少し変わった店だが、いい社会勉強になると思う」

とマスターが思わせぶりなことを言ったので、好奇心の塊の霧香は目を輝かせた。三人は新宿《しんじゆく》駅に着くと、東口に出て靖国《やすくに》通りを進んでいく。

凪にとっては初めての場所だった。新宿にはよく来るが夜の街のこんなに奥深い場所には来たことがない。ふだんよく行くサザンテラスや家電量販店のあるあたりとは雰囲気が違う。歌舞伎町《かぶきちよう》の猥雑さを煮詰めたような感じだ。

仄暗く細い路地を酔客を横目に進む。マスターは慣れているようで、道を確認することもなく、すたすたと歩いて行く。その後を凪と霧香が並んでついてゆく。霧香は物珍しそうにきょろきょろと周囲をながめている。

「よく来るんですか？」

霧香がマスターの背中に声をかける。

「たまに……かな。昔はよく来たが、あの頃とはだいぶ変わった」

マスターはそう言うと、あちらこちらにいる外国人観光客に目をやる。

「さっき通ったあたりを横に入るとゴールデン街だ。海外のなにかで紹介されたらしく、外国人観光客が増えた。それ自体は悪いことじゃないんだが、昔のこのへんを知っている人間からすると、少し足が遠のく。時間が経てばたいていのものは変化する。ついていけない方が悪いんだがね」

言われてみると、ここまで来る間にも外国人観光客の姿を見かけた。

「ゴールデン街？」

霧香は全く知らないらしく、マスターに訊き返した。

「古い呑み屋街だ。文化人のたまり場なんてことも言われているが、今は様変わりした。もちろん、昔ながらの店もまだあるがね」

「そうなんですか？　凪は知ってた？」

「うん。行ったことはないけど、名前だけは聞いたことがある。有名だよ」

戦後にできた小さな呑み屋の集まった場所で、小説家や映画関係者などが通っていたという。危うさと文化の香りの入り交じった混沌《こんとん》とした空間。

「有名なんだ。あたしのサブカル力の低さが露呈してしまった」

「ゴールデン街がサブカルか……おもしろい。そうも言えるかもしれない」

マスターが苦笑いする。霧香は恥ずかしそうにうつむく。

「でも、オレたちが行くのはゴールデン街じゃない。その近くの店だ」

マスターは怪しいネオンの合間を縫うように進み、一軒の古い建物の前で足を止めた。煉瓦《れんが》造りのように見える壁に蔦《つた》らしき植物がからみついている。まるでおとぎ話に出てくる旅人の集《つど》う居酒屋のようだ。

看板に赤く太い字で、『どん底』と書いてある。名前からして怪しそうだと凪は思ったが、マスターと一緒なので不安はなくむしろ好奇心をかきたてられた。

入ってみると外からは想像できないレトロで落ち着く店だった。暗くてよく見えないが、半分くらいの席が埋まっており、会社員風の人やミュージシャン風の人など雑多な人がいる。にぎやかだが、耳障りではない。やさしいノイズだ。フロアの真ん中に正方形のカウンターがあり、周囲にテーブル席が並んでいる。

マスター、凪、霧香と横に並んでカウンター席に腰掛けた。カウンターの奥には天井までさまざまな種類の酒のボトルが並んでいる。

「古い店なんだ。学生時代から通ってる」

すぐにカウンターにメニューが置かれ、「ごぶさた」とウェイターらしき男性が声をかけてきて、マスターは軽く会釈を返す。

「食べられないものはあるかい？　なければオレが適当に頼んでおく。飲み物は、とりあえずどん底カクテルにしとこう」

マスターの言葉に、凪と霧香は、「なんでも食べられます。はい、お願いします」とうなずく。マスターは、どん底カクテルを三つ注文し、それからメニューをふたりに見えるように開く。

「ミックスピザ、マッシュルームのプランチャ、卵黄の味噌《みそ》漬《づ》け、厚切りチャーシュー。まずはそんなとこでいいだろう」

注文の言葉に従ってメニューの写真を見て、空腹だったことに気がついた。どれも美《お》味《い》しそうに見える。

「なにか気になる料理があったら追加しよう」

マスターはそう言うと、凪にメニューを渡した。凪は霧香との間に置く。

「どう？」

凪の言葉に霧香は身を乗り出し、メニューをめくりだした。

「気になるのがたくさんある」

霧香はにんまり笑った。

「お待たせしました」

声とともに三人の前に飲み物が置かれた。

「じゃあ、おつかれさまでした。今日は助かったよ。ありがとう」

マスターはそう言うと、グラスを軽く持ち上げた。凪もグラスを上げると、まだメニューを見ていた霧香はあわててグラスを持った。

「ありがとうございました。喫茶店のバイトは初めてなんで全然うまくできなくてすみません」

凪はマスターに軽く頭を下げ、三人はグラスに口をつけた。

「そんなことはない。ひとりいるといないとでは全然違うからね」

カウンターにグラスを置くとマスターがつぶやいた。凪は、よかったと思う。

どん底カクテルは、名前と違い甘くて呑みやすかった。人間が堕ちる時も、甘い誘いからなんだろうとふと思う。

それからマスターは自分がゴールデン街によく来ていた頃の話をしてくれた。凪は頻繁に呑み屋に行く方ではない。店に通う常連同士ってサークル活動のようなつきあいなのだろうか？　と話を聞きながら想像する。

人の話を聞くのはいい。特に関心を持っている相手の話は、心に響いてくる。ブラックスノウでは決して聞くことのないマスターの昔話に、凪は聞き入った。

マスターの横にスーツ姿の小柄な男の人がやってきた。

「マスター、ごぶさた」

少し太めの身体にメガネをかけた、人のよさそうな感じの男性だった。凪と霧香がその人に視線を向ける。

「お久しぶりですね」

マスターは破顔する。親しい知り合いのようだ。

「あ、連れがいたんだ。ごめん。邪魔しちゃって」

話しかけてきた人は凪と霧香の視線に気がつくと恐縮した。

「このふたりは、うちの常連さん。こちらの真田《さなだ》さんは、昔、池袋の会社に勤めていてね。その頃よく店に来てくれてた」

マスターは凪と霧香を、男の人に紹介した。

「どうも月島って言います。学生してます」

「倉橋です。同じ大学に通ってます」

「真田です。察するところマスターが若いふたりの相談にのってあげてるって感じかな。なんかごめんね。ほんとに邪魔しちゃった感じだね。じゃあ、バイバイ」

真田は申し訳なさそうにそう言うと背を向けた。

「せっかくだから少し話していかないか？」

マスターはそう言い、凪と霧香に許可を求めるような視線を向けた。ふたりは互いに顔を見合わせ、「僕らは大丈夫ですよ」と答えた。

「え？　ほんとに？　じゃあ、みんなに一杯ずつカクテルおごる」

真田がそう言いながらマスターの隣の席に腰掛ける。

「ありがとうございます。なにか相談ごとがあるのかな？」

マスターは苦笑する。

「再会がうれしいだけですよ。と言いつつ、訊きたいこともあるんですけど。あくまで再会のうれしさがさきなんで、誤解しないでください」

そこに新しいカクテルが運ばれてきて、一同は手元のグラスを干して交換する。

「乾杯！」

真田は全員がグラスを手にすると、間髪入れずにグラスを掲げた。ひとくち呑むと、すぐに真田はマスターに話しかけた。

「実は、絶対おかしいってことがあって。たいしたことじゃないんだけど、すごく気になってでね。なにかヒントでももらえたらと思ってさ。まあ、おかしいっていっても、オレが言ってるだけなんだけど」

「なんだろう？」

マスターはグラスをカウンターに置き、真田に顔を向ける。

「いや、本当に他の人間から見たら、なんでそんなことを気にするんだってくらいのことなんだけど……。オレ、人事部でしょ。先週、アルバイトの面接をして、その日のうちに決めて採用の電話をかけたら、他に決まったって断られちゃった。それだけの話なんだ。でもどうしても気になってね」

「確かにそれだけ聞くと、どこにでもある話だ。なぜ、そんなに気になるのかな？」

凪と霧香も顔を見合わせる。

「うちの会社はっていうか、オレはよくバイトの面接をするんですよ。学生のバイトが多いんで出入りが激しいし、テストやイベントがあるとシフトの調整がつかなくなるんで、常に多めに確保しておかないといけないんです。だから頻繁に募集してる。自分のサイトに求人をずっと載せてて、そろそろ補充しておくかなって頃にまとめて応募者に声をかけて面接するんですよね」

「面接はどれくらいの頻度でやってる？」

「月に二回は必ずやってます」

「その頻度なら常時募集していても問題ないわけだ。それで？」

「だから、カンみたいなものが働くんですよね。使えるヤツや、やる気のあるヤツがわかる。そいつは林田《はやしだ》っていうんですけどね。それまで面接した誰とも違ってた。どこにでもいるフリーターで、ヤバイ雰囲気はなかった。どこが違うと言われると、困るんだけど。たとえば、やる気はあるのかないのかわからない。使えるのかどうかもわからない。とらえどころがないっていうのかな」

「要するにこういうことかな？　アルバイトをするために面接に来ているのに、仕事に全く興味がないとしか思えない。やる気があるのか質問すると、やる気はあると答える。そんな感じじゃないか？」

「そうそう、そんな感じ。うちのバイトは大量に書類をコピーしたり、整理して綴《と》じたりするだけで、仕事のおもしろさなんてないから、仕事に興味ないのはしょうがないんだけど、かといって金がほしいっていう感じもあまりしなかった。でも、いちおうこちらの希望通りの日程で出勤できるってことだったんで、採用することにしたんです」

「採用を決めたのは面接したすぐあとかな？」

「いや、五人くらいの応募者全員の面接をして、履歴書なんかをいろいろ検討してからだから三時間くらいあとかな」

「三時間後でも充分早い。それで他に決まったって言われるのは不自然と言えば不自然だ」

　マスターは首をかしげて見せたが、決して不思議に思っているようではない気がした。もしかしてなにか知っているんだろうか？

「そう。まあ、時々、そういうのはあるんです。オレと話して相性が悪いと思ってやりたくなった時に、そんな風に言うヤツだっていそうだしね。断られたこと自体は不自然だけど、ないことじゃないんですよ。でも、それでますます気になった。なんのために面接に来たんだ？　って。わけわかんない」

「残念ながら、オレも君の頭の中にあるもやもやがつかめていないから、なんとも言いようがない」

さっきよりは少し真田の感じているものに近づけた気がするが、それでもまだわからない。

「そうだよね。会社の連中に話しても、誰もわかってくれなくて。オレのカンみたいなものだからなあ」

「凪や霧香ちゃんは、なにか気づいたことがあるかい？」

凪と呼ばれるたびにどきりとする。嫌ではない。マスターとの距離が近づいた気がして、うれしいのだが、まだ慣れていないせいか少しだけ緊張する。

「気づいたことっていうか……真田さんのもやもやが消えなくてやりきれない気持ちはよくわかります。あたしもよくそういうことあるから。だいたいはたいしたことじゃないんですけど」

霧香は即座に答え、凪が答えるのを待つ。

「いえ、おかしなところはなさそうです」

「そういうことで、もやもやは解消できそうにない。悪いね」

マスターがあっさりそう言ったので凪は驚いた。てっきり、なにか気がついているのだと思っていた。

「いや、マスターが謝ることじゃないですよ。オレの変なこだわりのせいなんだから」

口ではそう言ったものの、真田は落胆したようで、ため息をつく。凪と同じように、マスターならなにかヒントになるようなことを言ってくれると思っていたのだろう。

「……普通ならそう言って終わるところだが、少し確認させてほしい。もしかしたら、わかるかもしれない」

マスターがイタズラっぽい笑みを浮かべると、真田の顔が明るくなる。

「えっ？　なにかわかったんですか？」

「かもしれない。ちょっと質問するよ」

凪の肩に霧香の肩がぶつかってきた。身を乗り出して、マスターの言うことを聞こうとしている。

「君は面接に来た相手のブログやツイッターやフェイスブックを確認してるんじゃないか？」

どん底カクテルをひとくち呑み、マスターは質問を始めた。

「やってます。いまどきは、チェックするのが当たり前じゃないですかね。だってねえ、変なことされて炎上したら嫌じゃないですか。ヤバそうなことしていないかを確認するようにしてます」

「君の言う通り、炎上が心配でＳＮＳのチェックをしている会社や店は多い。店員が変な画像を上げたせいで客足が途絶えたり、営業を自粛せざるを得なくなって閉店になった店もある。会社や店側は予防のために日頃どんなことを投稿しているのか知っておきたくなる。当然のことだ」

その手の画像は凪のツイッターのタイムラインにも流れてくることがある。居酒屋やファストフードで冷蔵庫に自分が入り込んだり、残飯や本来食材ではないものをおもしろおかしく調理して見せたり、無人の店内を半裸で掃除したり、なにをやるのか予想できない。過激な画像はあっという間に広がって、会社や店が特定され、掲示板やＳＮＳに晒《さら》されることになる。

「入社試験でも応募者のフェイスブックとツイッターは確認しているって聞いたことがあります」

霧香が言うと、マスターと真田がうなずく。

「ブログやツイッターをチェックしているということは、君は社内でパソコンを使っているわけだ。当然、社内ネットワークに接続している」

「まあ、そうですね。インターネットを見たり、メールのやりとりをしたりしてますから」

「君は人事だから社内の人事データベースにもアクセスできるはずだ。つまり社内ネットワークにつながっていて、その社内ネットワークは人事データベースやその他のデータベースにもつながっている。顧客データベースとかもあるんだろう」

「え……その通りです。なんでわかるんです？　いや、まあ、順序立てて考えれば、すぐにわかりそうなことなんですけど、そんな風に言われると怖くなってきます。まさか、オレのパソコンがハッキングされたとかそういう話なんですか？　それと面接の話って関係あるんですか？」

真田の言う通りだ。マスターはなぜ突然社内ネットワークやパソコンの話を始めたのだろうと凪は不思議に思う。

「オレの考えすぎかもしれない。いちおう確認のために訊いているだけだから気にしないでくれ」

マスターはそう言ったが、気にせずにはいられないだろう。実際、真田はひどく不安な表情になっている。

「でも、データベースのあるサーバーは社内ネットワークからしかアクセスできないんですよ。オレのＩＤとパスワードを盗まれても社外からはアクセスできない、ってシステム部の連中が言ってましたよ」

「ハッキングで乗っ取られて、遠隔操作されたらアクセスできちゃうんじゃないですか？」

霧香が凪の横から首を伸ばす。真田の目が大きくなる。

「え、遠隔操作って、ニュースとかで聞いたことがあるアレのこと？　誰かが勝手にオレのパソコンを使って社内のデータベースにアクセス？　そんなことできるんですか？」

すがるような目で、真田がマスターを見る。

「落ち着いて。あくまで参考に話を訊いているだけで仮の話だ」

「だって、遠隔操作されたらヤバイんでしょう？」

「事情もわからずにおおげさなこと言ってすみません」

うろたえている真田に、霧香が顔を伏せて謝った。

「いやいやいや、謝らなくていいよ。だって、ほんとにそういう可能性があるんだよね。そうなんですよね？」

真田は霧香とマスターの顔を交互に見る。

「そうだね。ただ、すぐに結論に飛びつきたくはない。もうちょっと質問させてくれ。社内でＷｉ－Ｆｉを使ってないか？」

「え？　使ってますよ。だって便利でしょ」

「なるほど……会社はテナントビルに入ってるんだっけ？」

「はい」

「同じフロアの隣あるいは下の階にコーヒーショップがないかな?」

「隣はコーヒーショップだけど……会社のヤツがそこで仕事したり打ち合わせしたりしてます。なぜ、そんなことまでわかるんです?」

真田は目を丸くした。凪も驚いたが、すぐに理由に気がついた。横を見ると、霧香も無言でうなずいている。どうやらわかったらしい。

マスターも無言で、なにか考えているようだ。真田は落ち着かない様子で貧乏揺すりを始めた。

「いや、マスター、なにを考えているのか、早く教えてくださいよ。不安でしょうがないじゃないですか」

だが、マスターは黙ったままだ。

「バイトの面接とオレのパソコンと社内のデータベースのどこがどう関係するんですか?　絶対にヤバイですよね」

マスターはなにも言わないが、真田はあせって頭に浮かんだ不安を口にし始めた。

「これってつまり面接と不正アクセスが関係あるってこと?　でも面接受けたからってオレのパソコンを乗っ取れるわけじゃないでしょう?　どういうこと?」

真田は頭を抱えた。

「うん。その通りだ。顔を見ただけでその相手のパソコンを乗っ取れる超能力者にはお目にかかったことはない」

やっとマスターが口を開いた。

「だったら、早く……」と真田が言いかけた時、

「顔を見ただけ……あっ、わかっちゃったかも！」

霧香が大きな声をあげた。思いのほか、声は響いた。一瞬、店の中が静まり、注目が集まる。

思いのほか大きな声になったことに霧香自身が驚いたようだ。あわてて両手で口を押さえる。

「ご、ごめんなさい。つい、大きな声を出しちゃって」

霧香はすぐに恐縮してうつむいた。店のざわめきが戻る。

「いやいやいや、わかったの？　本当？　オレ全然わかってないんだけど、どういうこと？　顔を見ただけではパソコンを乗っ取れないでしょ？　だったら、どうやって？」

真田は何度も首を振る。凪もまだわからない。霧香の頭の回転の速さには驚く。

「顔を見ただけでは無理だが、ウェブサイトを見たりクリックしただけでマルウェアに感染し、パソコンを乗っ取られることはある。ドライブバイダウンロード攻撃という手法だ」

マスターが静かに答えると、真田は固まった。

「ウソ。じゃあ、ブログとかツイートのリンク先を見ただけで乗っ取られたってこと？」

「あくまで今聞いた話の範囲で考えられることだ。当たっているとは限らない」

「信じられない。見たりクリックしただけで感染するなんて！」

真田は少しパニック気味だ。

「信じられないかもしれないが、ドライブバイダウンロード攻撃は決して珍しいものではない。見ただけで感染するもの以外にも、利用者をうまく騙してダウンロードさせてしまう方法もある。いずれにしても、わざわざマルウェアをインストールしますか？とは訊かないから気づかない間に感染してしまうわけだ」

「で、でも、さっき言ったと思うけど、あのサーバーには社内ネットワークからしかアクセスできないはず。だからサーバーは安全ですよね」

「君のパソコンは社内ネットワークにつながっているだろう？　君のパソコンを遠隔操作すればデータベースにアクセスできる」

「そんなことできるんですか？　いや、できるんですよね。責任問題になったらどうしよう。いや、でも、いくら遠隔操作でも自分のパソコンが勝手なことしてたら、気がつきますよね？」

「いや、気がつかれるようなヘマはしないと思う。画面に動作状況をわざわざ表示しないから、気がつくとしても、いつもよりパソコンの反応が悪いと感じるくらいだろう。遠隔操作以外の方法も考えられる」

「え？　まだなにかあるんですか？」

「君のパソコンから盗んだＩＤとパスワードで他のパソコンを使ってデータベースにアクセスする方法がある」

「そんなあ。あれ？　でも社内ネットワークからしかアクセスできないはずですよ」

「そうだ。なんらかの方法を使って社内ネットワークに自分のパソコンをつないでデータベースにアクセスした」

「犯人が社内に潜り込んだっていうんですか？　それとも他の社員が犯人とか？　そんなバカな」

「どれも違う。忍び込む必要なんかなかったのさ。隣のコーヒーショップでゆっくり作業すればいい」

「うわっ」

今度は真田が叫んだ。またまた店内の注目が集まる。真田があわてて頭を下げる。

「そういうわけか、あそこから社内ネットに入れる。やってるヤツがいた」

「可能性はふたつ。ひとつは、君のパソコンを遠隔操作した可能性。もうひとつは君のパソコンからサーバーへのアクセスに必要なIDとパスワードを盗み出して、あとは自分のパソコンから直接アクセスした可能性」

「どっちにしても嫌です」

「嫌だと言っても、しょうがない。事実に向き合わないとな。オレは後者だと思う。なぜなら、その方が情報を盗み出したあとの処理が簡単だからだ。君のパソコンを遠隔操作して社内データベースから情報を盗むと、外部に送信するのも君のパソコンからすることになる。つまり一連の作業を君のパソコンを通じて実行するわけだ。当然、痕跡が残るし、痕跡を消せるのは作業が全部終わってからだ。しかし、君のパソコンからIDとパスワードを盗み出したあと、すぐに痕跡を消して、残りの作業は自分のパソコンで行えば痕跡が発見される可能性は最小限にできる。さらにそのあと、君自身がパソコンを利用するから、わずかに残っている痕跡も復元しにくくなる」

「なるほどー」

　霧香がつぶやいた。凪にはよくわからないが、ふたつの方法はかなり違うのだろう。

「あ、でも、そのブログやツイッターって全然関係のない人が見てしまう可能性もあります。そうすると広く拡散しすぎませんか？」

　霧香がタブレットを叩きながら、上目遣いにマスターに質問する。

「おそらく利用者がどこからアクセスしてきたかを見て判断しているんだろう。彼の会社の社内ネットワークからのアクセスの場合だけ、感染するようにしていたに違いない」

マスターがすぐに返事をしたので、霧香も凪も驚いた。

「そんなことできるんですか？」

「珍しいことじゃない。それをやっておかないと、霧香ちゃんが言ったように感染が広がりすぎて、マルウェアを配布しているサイトだとすぐにばれてしまう」

なるほどと凪はうなずいた。

「勉強になります」

霧香も初めて知ったようで、タブレットを取り出してメモしている。

「ここまでやるのって、手の込んだ方なんですか？　それともこれくらいは当たり前なんですか？」

「もしオレが今言った通りだとすると、普通のものよりもだいぶ工夫してある」

「つまり、オレはたちの悪いヤツに目をつけられちゃったわけだ」

さきほどから話についていけなくなっていた様子の真田がぼやく。

「運が悪いとしか言いようがない。応募者のブログやツイッターやフェイスブックをチェックしていて、近くにコーヒーショップのある会社なんていくらでもあると思う。君が狙われたのは偶然だろう」

「はー、なんてついてないんだ」

「不運を嘆く前にすることがある。もしかしたらまだ間に合うかもしれない」

「間に合う？　どうすればいいんです？」

「犯人は君のパソコンを乗っ取ったが、まだサーバーに不正アクセスしていないかもしれない。すぐに対処すれば被害を防げる可能性もある」

「あっ！　確かにそうでした！　すぐに……ええとなにをすればいいんです？」

　真田は立ち上がった。

「まずはシステム担当者に事情を話して、データベースへのアクセス状況とその時の操作内容を確認するんだ」

「すぐに電話した方がいいですかね？　そうですよね。シ、システム担当……ああ、そうだ。連中は二十四時間交代勤務らしいからこの時間でも電話すれば誰か出る」

「急いだ方がいい。すぐに電話しろ」

　マスターに言われて、真田がスマホをポケットから取り出した。

「も、もしもマスターの言った通りの事件が起きてたらどうすればいいですか？」

　真田は店の出口に向かいかけて、振り向いた。

「まずはパソコンをすぐにネットにアクセスできないようにする。隔離するんだ。社内ネットワークにつながっていて、他に感染しているものがないか確認して、あったらそれも隔離する。そのへんの手順は、おそらくシステム担当者がわかっていると思う。会社ごとにやり方は少しずつ違うから指示に従えばいい。とにかく急いで電話した方がいい」

「わかりました」

真田は店の外に飛び出した。


真田が消えると、マスターは凪と霧香の方を向いた。

「すまない。偶然とはいえとんだ事件に巻き込んでしまったね」

軽く頭を下げる。

「いえ、そんな。おもしろかったと言うと不謹慎ですが、別に全然気にしてません」

凪があわてて言うと、霧香もうなずく。

「あたしも楽しかったです。あ、これも不謹慎ですね。すみません」

「そうか、そう言ってもらえると、気が楽になる」

「でも、面接の応募者に罠をかけられるなんて、どこでなにをされるかわからないですね」

霧香の言葉にマスターはうなずく。

「面接に来た相手をネットで調べてみることは決して悪いことじゃないが、それが罠という可能性もある。相手は面接の時に、相手の情報リテラシーのレベルをチェックし、いけると思ったら水飲み場型攻撃を仕掛けて相手のパソコンを乗っ取り、金になりそうな情報を盗み出すんだろう。たぶん組織的な犯行に違いない」

「なんで、そこまでわかるんですか？」

霧香が首をひねる。

「よくある話だからさ」

「こんな話は初めて聞きましたけど」

霧香がおずおずと訊ねた。

「オレの周りではよくある話なんだ。そういう界隈《かいわい》には近寄らない方がいい」

界隈……いったいマスターの周りにはどんな人々がいるのだろう？

「さっきのマスターの推理は可能性としてはもちろんありうるんですが、裏付けとなるものってあるんでしょうか？　真田さんの話にはマスターが結論を出すための具体的な証拠がなかったと思うので」

霧香は諦めずに質問を続ける。

「……鋭いな。その通りだ。オレはあえてひとつ言わなかったことがある。知ってもしようがないことだ」

「それはなんですか？」

「言ったろう？　知ってもしょうがないことだ」

「ここまで来て教えてくれないなんて……」

「そうだな。もったいぶってもしょうがない。もっと悪いヤツがいるのさ」

マスターは言いにくそうに話し始めた。あまり触れたくない話題なのかもしれない。

「もっと悪いヤツ？」

「そういうばれにくい犯罪のやり方の解説書と、必要なソフトを一緒にして売ってるんだ。言わばサイバー犯罪のツールキット。少し技術をかじったくらいのヤツでも手軽にネット犯罪を実行できる便利なものだ」

ずいぶんアンダーグラウンドな話になったと凪は思う。霧香は熱心にメモを取っている。

「ツールキットを開発、販売しているヤツを元締めと呼ぶとしよう。普通はツールキットの販売までしかやらないんだが、最近は罠を仕掛けたサイトまで運営する連中が現れた。水飲み場に当たるいくつかのサイトにマルウェアを仕込んで特定の利用者を感染させるところまでを元締めが行うんだ。利用者は、最初に履歴書を提出して、感染させたあとに情報を盗み出したり、遠隔操作したりする命令を送るだけだ。それ以外は元締めがやるからとても簡単にサイバー犯罪を行える。元締めもサイトにマルウェアを仕込んでおくだけで、あとは勝手にやってくれるから手間がかからない」

「勉強になります。ありがとうございます」

霧香がメモを取りながらマスターに礼を言う。

「こんなことを覚えても、なんにもならないぞ。くれぐれもネットの利用には注意した方がいい。これからはアイドル、声優、アニメ、いろんなサイトが水飲み場型攻撃の舞台になって、ドライブバイダウンロード攻撃を仕掛けてくるかもしれない」

マスターは苦笑した。

「そのツールキットっていくらくらいするんですか？」

霧香は興味津々だ。凪はちょっと危うさを感じる。彼女は典型的な、「好奇心は猫を殺す」が当てはまるタイプだ。

「値段はピンキリで中には無料のものもある。例をあげよう。八月の頭に、サイバーセキュリティ会社のシマンテックが、"Remvio"と呼ばれるマルウェアのレポートを公開した。感染すると自動的に相手のパソコンからパスワードなどの情報を盗み出したり、遠隔操作をできるようにしたりする。アンダーグラウンドで販売されていて、価格は日本円で約五千円から四万円くらいだ。こういうツールキットはたくさんあるから、買ってカスタマイズすれば今回のような仕掛けもやりやすくなる」

「えっ？　五千円？　どこで売っているんですか？」

霧香が一オクターブ高い声をあげると、マスターは苦笑して首を横に振った。

「無料のものだってある。しかし、安いものや無料のものは販売そのもので利益を出すつもりじゃないせいもある。面倒な罠が仕込まれていることもある。マルウェアを仕込まれた、マルウェアツールキットなんてシャレにならないだろう。気をつけた方がいい」

霧香は、「はーい」と返事する。

「でも、それを使うにはある程度の技術力が必要ですよね」

「それもケースバイケースだ。ほとんど知識がなくても使えるものも少なくない。そうでなければたくさん売れないだろう？　サポートつきのものだってある。買って使い方がわからない時やトラブルが起きた時に問い合わせに答えてくれる。腕ききでなくても、腕ききの作ったツールキットを買えば同じことができる世の中になった」

「便利すぎる。どこで手に入るんですか？」

霧香の質問にマスターは手を振った。

「ダメダメ。霧香ちゃんは本当にやりかねないから教えるわけにはいかない」

「えー、残念です」

「あちら側を見るにはまだ早い。犯罪を悪いことだと思わずにやる連中だからな」

マスターの言葉に凪はうなずく。サイバー犯罪者は罪の意識が薄いと聞いたことがある。

そこに真田が戻ってきた。半泣きのような顔をしている。

「マスターの言う通りだった。誰かがオレのＩＤとパスワードで、ふだんのオレならアクセスしないようなデータベースにアクセスしてたって。でも、オレの権限では見ることはできなかったんで、いろいろ攻撃っぽいことを試してた痕跡が見つかったって。オレのパソコンはシステム部に隔離された」

ため息をつき、マスターの隣に腰掛け、どん底カクテルを呑む。

「そうか。カンがはずれていた方がよかったんだが、大事に至らなくてよかった」

マスターはうなずくと、真田は腕組みをして首をかしげる。

「でも、なんでわかったんです？」

真田の言葉に凪もうなずく。なにが起こったのか説明は聞いたが、なぜわかったのかは聞いていない。

「種明かしをすると、面接を利用した標的型攻撃が増えているんだ。オレはそれを知っていたから、おかしな面接と聞いてすぐにわかった」

「なんですか？　その標的型攻撃ってのは？」

「標的型攻撃というのは特定の相手に対しての攻撃の名前だ。たとえばマルウェアを添付したメールを送る時に、相手がよくメールをやりとりしている人間の名前とアドレスを差出人に偽装して、内容もいかにもありそうなものにしておく。業務上、必要な添付ファイルは開かざるを得ないから引っかかる人も多い」

「ああ、なるほど。狙い撃ちだから標的型ってわけだ」

「そうだ。よく使われるのはメールを使った標的型攻撃だが、今回のようにブログやツイッターを利用するものだってある」

「スパムはよく来るけど、そんなのもあったのか。添付ファイルは基本的に開かないように指導されてるから開いていないんですよね」

「君の会社は、比較的守りが固いらしい。今回も大事なデータは守れたようだね」

「そうそう。だから危ないサイトも社内からは見られない。会社でエロサイトや掲示板は見られないように設定してるみたいでアクセスできないんです」

真田は笑う。

「通常、企業に対する攻撃にはマルウェアを添付したメールでの攻撃が使われる。おかげでメールに対する防御や知識も少し普及した。しかし今回のようなメール以外の標的型攻撃にはまだまだ準備が足りないようだ」

「『標的型面接攻撃』ですね」

霧香の言葉に三人はしばらく無言になり、それから笑い出した。

「霧香ちゃんはおもしろいことを言う。『標的型面接攻撃』とはいい言葉だ」

マスターが頬をゆるめて見ると、霧香は恥ずかしそうに凪の陰に隠れた。

「僕もおもしろいなって思った。それそのまま普及するかもしれない。名刺に印刷したウェブサイトにマルウェアを仕込んでおく『標的型名刺攻撃』もできそうだ」

「そんなにいい？」

「オレ、明日会社に行ったらシステムのヤツにその言葉使って説明する。『標的型面接攻撃』ってそれっぽいし、そんな最新の攻撃手法使われたなら仕方がないって思ってくれそうな気がする」

「今回は君の落ち度はほとんどない。普通は面接相手の不自然さに気がつかないで、なにかが起きてから気がつく。未然に防げたのは君の人間観察の鋭さのおかげだ」

「え？　そうですか？　そう言われるとちょっと救いがある。こういう手の込んだ攻撃って防ぐ方法はあるんですか？」

「厳密に言えばある。たとえばスクリプトなどの危険につながる機能を全て使わない設定にしておけばかなり回避できる。あるいはデータベースへのアクセスを伴うような重要な業務用のパソコンは完全に別に用意しておく手もある。逆にウェブサイト閲覧専用のパソコンを用意する手もあるしね。ただ、どの方法もとても不便だ。利便性と安全性は相反するものだから、どちらかを優先すれば片方が犠牲になる。バランスの問題だ。そのへんも含めて考えると、防ぐのはなかなか難しいだろう。むしろ、やられたあとのことを準備しておいた方がいい」

「やられる前提かあ。つらいなあ。そういう時代なんですね」

真田はそう言うと、どん底カクテルを一気に呑み干した。


それからしばらく四人で話し、解散した。マスターは店の人と話してゆくと言うので、凪たちは帰り道をくわしく教わって店を出た。もしかしたら、気を遣ってくれたのかもしれないと凪は思った。

「あのマスター、やっぱりタダ者じゃない。最新の攻撃方法を知ってたし、即座に思い出して見抜くなんてすごい」

駅に向かって歩きだすと、霧香がつぶやいた。

「そうだね。あの店以外の仕事もしてるのかもしれない」

凪も相づちを打つ。来た道を思い出しながら戻る。来た時よりも酔客が増えて、街はうるさくなったように感じる。

「でも、システム関係の仕事はしてないって言ってたよね」

「そうだな。じゃあ、サイバー関係専門の探偵とか?」

「それは萌《も》える。あの渋さで探偵とか決まりすぎ」

霧香が笑った。思わず口にしただけだが、想像すると確かによく似合っている。

「確かにそうだけど、日本でサイバー関係専門の探偵業って商売として成り立つのかなあ？」

「難しそう。ネットのトラブル処理専門のなんでも屋さんとか？」

「それも似合ってそう」

そこでふっと言葉が途切れた。少しの間、並んだまま黙って歩く。雑踏が遠のいたような気がした。すぐ横にいる霧香の手を握ると、すぐに強く握り返してきた。

その時、サラリーマンの二人組とすれ違った。つないだ手をじろじろと見られたような気がする。

「なんだか恥ずかしい」

霧香は小さくつぶやくが、手を離そうとはしない。

「気にすることないよ」

凪はさらに強く手を握る。それからなにか言おうとして口を開いたが、言葉が出てこなかった。傍目《はため》を気にせず、このまま抱きしめてしまおうかと思ったが、細い路地で周囲には人がいる。

斜め前にラブホテルのネオンサインが見え、どきりとする。このままあそこに向かったら、霧香はどうするだろう？　とふと思う。好奇心旺盛な霧香のことだから、すんなりついてくるかもしれない。そうしたら……困る。まだ、心の準備ができていない。

「どうしたの？　なんか急に早足になったけど」

知らない間に、先を急いでいたらしい。霧香に言われて気がついた。

「ごめん。なんでもない。だいぶ遅くなっちゃったと思ったら、つい……」

「帰れなくなったら、うちに泊まれば？」

凪の言葉に、霧香はカウンターパンチを返してきた。唖然《あぜん》とする凪を見て、くすくす笑い出す。

「ウソ。冗談。そんなに驚くとは思わなかった。終電までまだ余裕だからのんびり帰ろう」

霧香の言葉に凪はうなずいた。

第四話

冬　迷い道

凪が初めて霧香の部屋に遊びに行った時は、まったりゲームと食事をしただけだったが、二度目の帰り際、玄関で霧香が無言で身体を寄せてきて軽く唇を重ねた。なにも言わなかったが、なんとなくそうすべきなのだとわかった。初めてのキスだったが、特に感動はなかった。ただ緊張していた。心臓がおかしくなったんじゃないかというくらい、長い間激しく脈打っていた。うしろめたいような気持ちになる。

唇を離すと、凪を見つめている霧香の顔があった。

「なにか言いたいことあったら言ってね」

初キスの直後ということもあり、混乱した。なにか気になることでもあったのだろうか？

「なんの話？」

「なんでもない」

霧香は首を振った。なんだったのか気になるが、訊き返すのもよくないと思って我慢した。

駅まで送ると言ってくれたが、遅い時間になっていたので、断って霧香の部屋を出た。マンションの入り口を出たところで視線を感じて振り返ると、ベランダに立って、こちらを見ている霧香が見えた。凪が振り返ったことに気づくと、両手を振って見せる。凪も片手を上げて振った。霧香は背中に部屋の灯りを背負っているので、表情はよく見えないが、少しさみしそうに思えた。いっそ、このまま部屋に戻ってしまったら？　と少しだけ考えて諦めた。明日は一限から講義があるし、テキストは家に置いたままだ。そもそも講義を気にするような人間に、衝動的な愛の営みは向いていない。

曲がり角を曲がって互いの姿が見えなくなるまで、ふたりとも手を振り続けた。

女の子とつきあうのは難しい。この展開は霧香の期待通りだったんだろうか？　ほんとはもっと先のことまで考えていたんだろう。イタリアに行って、寿司《すし》を食べるくらいの、やっちゃった感がある。失敗したと思う。こういうことに正解も間違いもないのだろうけど、少なくとも霧香の期待には応えられなかった気がする。

じゃあ、どうすればよかったのかと思うと、キスよりも先のことは荷が重いと感じてしまう。本当はそうしたいのだが、いざ行動に移すための勢いがない。人畜無害の草食系のやさしい男子と言われる所以《ゆえん》だ。

それに、そういうことは自然の流れが大事なんじゃないだろうかとも思う。無理にあせってもよくない。

気になってネットでいろいろ調べてみたら部屋まで行ってキスまでというのは、女の子に恥をかかせたかもしれない由々しき事態だったような気がしてきた。

少し落ち込みそうになったが、霧香はなみの女の子とは違うからそんな風には考えないだろうと無理矢理自分を納得させた。それにしても、他のみんなはどうやって円滑にことを進めているのだろう。話を聞く限りでは、あまり考えていなさそうなのだが、それなら凪にだって同じことができていいはずだ。なにかが足りない。

女の子は難しい。なにを考えているのかわからないのは霧香の魅力でもあるけど、同時に困惑の元にもなる。あれこれ考えてしまう自分もよくないのかもしれないが。

いまひとつもやもやしたものを抱えたまま、凪は毎日を過ごしていた。

凪は、珈琲店ブラックスノウに貸し切りの客が入った時には、必ずバイトに呼ばれていた。一時間の貸し切りが始まる少し前から店に入り、客の世話をする。人数はせいぜい五、六人だし、大量に注文するわけではないのだが、それでも一時間の間に何回か珈琲をお代わりし、食べ物を頼まれると意外に忙しい。確かにマスターひとりでは手が回らない。

その日も、凪は午後の講義が終わったあとで貸し切りの手伝いに行った。

「すまないが、買い物に行ってくる。少しの間、店番を頼む。後片付けしておいてくれ。お客さまがいらしたら、もう少しでオレが戻るからと言っておいてほしい。まさか凪に淹れてもらうわけにはいかないからな」

貸し切り客が帰ると、マスターはそう言って出て行った。ひとりきりの店番は初めてだ。緊張する。お冷やを出す以外のことはできないのだから、緊張してもしょうがないのだが、それでもどきどきする。

考えていてもしょうがないので、カウンターとその周りを片付けた。カップを洗い場に運び、テーブルをていねいに拭いた。柱時計の音が妙に耳に響いて、よけいにひとりぼっちであることを意識してしまう。ここが地上なら街の喧噪が聞こえてくるのだろうけど、地下で分厚い扉があるためほとんど外の音は聞こえてこない。さらに貸し切りの間は音楽を切っていたので、客が帰ってしまうと無音に近くなる。

落ち着かない気分で洗い物を食洗機に入れてスイッチを入れる。その時、棚のスタンドが目に入った。ずっとそこに置いてある写真のスタンドだ。マスターが時々ながめているのを見たことがある。

写真にはマスターと美しい少年が並んで映っている。この写真を見るたびにどす黒いなにかが凪の身体の奥で蠢《うごめ》く。

凪はスタンドを手に取り、なにか書いていないかながめる。せめて日付くらいあってもよさそうなものだ。だが、どこにもそうしたものはなかった。

写真の背景はこの店のカウンターだ。ふたりとも幸福そうに見える。かすかな笑みだが、なんというのか楽しそうな雰囲気がにじみ出ている。

しばらくして食洗機が止まったので、凪は気を取り直すと、カップを取り出して拭き、棚に並べた。その時、重い扉が開く音がした。

「いらっしゃいませ」

緊張気味に挨拶すると、現れたのは常連客の西村だった。黒い毛皮のコートを羽織った姿は颯爽《さっそう》としていてカッコいい。外国の映画に出てくるギャングの幹部みたいだ。長身の背筋を伸ばし、「少年、元気?」と言いながらカウンターの奥の席に腰掛ける。西村が歩いている姿はあまり見たことがなかったなと凪は思う。あらためて見るとかなりの美人だ。これで口が悪くなければ非の打ち所がない。

「おかげさまで元気です」

凪は笑みを浮かべ、棚に並んだ色とりどりのグラスからひとつを選び、水を注ぐ。

西村は目を細めて凪の横顔を見る。お冷やを用意しているだけなのだが、視線を意識して緊張した。ここの制服を着ている時と、普段着の時では、明らかに西村の目つきが違う。制服フェチなのかもしれない。なめまわすように鑑賞されている気分だ。

「すっかり慣れたみたいじゃない。マスターは?」

「マスターは今、買い物で、すぐに戻ります」

答えながら西村の前にお冷やを置いた。

「だよね。少年は珈琲は淹れられないもんね。客がいない隙に買い物に行ったわけだ」

「淹れ方を少し教わったんですけど、まだまだお客さまに出せるものじゃないです」

「ねえ。それよりさあ。今日も貸し切りあったんでしょう？　あれってなんなの？　もしかして口止めされてる？」

西村は上半身を乗りだし、声を潜めて凪に話しかけてきた。店に入ってきたタイミングを考えると、客とマスターが出て行くのを確認してから来たのかもしれない。貸し切りのことについてこっそり凪に訊くためだ。

「口止めはされてないですけど、なにも変わったことはないですよ。ふつうにお客さんが五、六人来てしゃべって帰るだけです」

「怪しいなあ。だって、ほぼ毎週でしょう？　多すぎない？　毎回同じ人たちなの？」

「だいたい同じ人です。たまに入れ替わったりしてますね。でも、なんで気になるんです？」

どこまで話していいものか迷いながら凪は答える。口止めはされていないが、あらたまって質問されると本当に話してよいものか気になる。

「少年も気になってるんじゃないの？　あたしはマスターの正体が知りたいの。謎の貸し切りが秘密を解く鍵になっているような気がしてるんだけどね」

「気になっているというか、不思議に思ってます。正体もそうですけど、なんでふつうにＩＴ企業で働いたりしないのかなって」

マスター自身は自分のような年配の人間が活躍できる場はないと言ったことがあるが、それはおそらく本当ではない。マスターに相談に来る人々の中には、ＩＴ企業で働いている人だっているのだ。まだまだマスターの能力が通用する証拠だ。珈琲が好きだから珈琲店のマスターをしているのか、それともあえてＩＴの仕事をしない理由があるのか。

「でしょ？　あたしがここに来るようになってだいぶ経《た》つんだけどわからない。きっとなにかある」

西村は意味ありげに口の端を上げた。なにかを知っていると言いたげな様子だ。凪は期待を込めて西村の顔を見た。

「あのさ。言っていいかどうかわからないんだけど、貸し切りの人たちってヤバイ関係かもしれない」

ヤバイと聞いてどきりとする。

「市ケ谷《いちがや》や恵比寿《えびす》から来てる人がいた。さっきあの人たちがタクシーに分乗する時の会話をちらっと聞いちゃった」

どちらも地名という以上のことはわからない。

「そこになにがあるんですか？」

「自衛隊。マスターは自衛隊と関わりがあるのかもね」

「え？　まさか」

「そうだよね。まさかって思うよね。でも、自衛隊にいたのかもしれないでしょ」

凪は戸惑った。全く縁のない世界だ。自衛隊は、なんとなく怖い存在というイメージしかない。マスターが自衛隊の制服を着て銃を構えた姿は想像できない。

「考えたこともありませんでした。マスターが銃を持って戦闘訓練してたんですか？」

「やだなあ、少年。サイバー戦に決まってるじゃない。あたしだってマスターが銃を抱えて突撃するなんて思ってない」

サイバー戦と聞いて、頭の中に大きな「？」が浮かんだ。ここでいろいろなサイバー犯罪の話を見聞きしてきたが、サイバー戦というのは犯罪ではなく戦争のことだろう。銃やミサイルではなく、サイバー空間で行われる戦闘行為。全く想像できない。

「わからないって顔してるね。霧香ちゃんがいれば、すぐに解説してくれるんだろうけど。サイバー戦っていっても、サイバー犯罪とやってることはたいして違わない。目標や組織が違うだけ。だいたいのサイバー犯罪は、お金が目当てだけど、サイバー戦は相手の国や組織の情報を盗んだり、始まるかもしれない戦争に備えて相手のネットワークの中に侵入して監視したりする」

「それが戦争なんですか？」

「そう。二〇一四年十一月二十四日にソニー・ピクチャーズ エンタテインメントがハッキングされて、情報が盗まれた事件で、アメリカが北朝鮮の仕業って決めつけた。北朝鮮をおちょくる映画を公開しようとしていたことが原因。でもアメリカは北朝鮮と断定した理由をはっきり言わなかったんだけど、本当は事件の起こる前から北朝鮮のネットワークに侵入して監視していたからわかったんじゃないかっていう説が有力。みんな、サイバー戦争を始めてるみたい。もちろん本格的な戦いが始まったら、相手のネットワークやサーバーを破壊する。場合によっては物理的に発電所や工場や水道設備を壊す」

「サイバー攻撃で発電所や工場や水道設備を壊せるんですか？」

「うん。だってそのへんの監視制御はコンピュータ化されていて、ネットワークにつながってるからね。ハッキングして暴走させれば物理的に壊れる」

「理屈ではわかるんですけど、現実にはどこまでできるんでしょう？　発電所のシステムを狂わせて停止させるくらいならありそうな気がしますけど」

「たいていの人は、そう考えてた。でも、そうじゃなくて、物理的に壊せるという人もいた。それで、じゃあほんとに壊せるのか試してみよう、って二〇〇七年にアメリカでオーロラ発電機テストというのをやったのよね。実際に発電機をハッキングして壊せるかっていう実験。実験に参加したほとんどの人は壊せても部分的なものにとどまるだろうと思ってて、事前のシミュレーションでもそんな結果だった。でも結果は違ってたんだなあ」

西村は、そこでもったいをつけるように水をひとくち飲んだ。

「壊れなかったんですか？　いや、だったらわざわざ言わないですよね。壊れたんでしょう」

「うん。少年はいい読みをしてる。予想よりも早く、ひどく壊れた。ほとんど全壊。ハッキングで物理的な破壊を行えることが証明されたわけ」

凪は初めて聞いた事実に驚いたが、それ以上に西村がなぜそんなことまで知っているのか不思議だった。ＩＴ系の会社を経営していると聞いたことがあったが、今聞いた話はふつうのＩＴ系の仕事ではない。くわしすぎる。

「西村さん、なんでそんなにくわしいんですか？　まさか、そっち系の人ですか？」

思わず、〝そっち系〟と口にしてしまったが、果たしてそれがなんなのかはよくわかっていない。

「違う。違う。今どきのＩＴ屋はこれくらい知らないと仕事にならないの。だって、ある日突然うちが販売している製品が某国から狙い撃ちされることだってありえるんだもん。インターネットはなんでも便利につなげてくれたけど、おかげでそのへんの中小企業のネットワークが地球の裏側の見知らぬ国の犯罪者から狙われるようになっちゃった。

日常と戦場が一体化してるのよね。アンチウイルスソフト会社なんか、毎月どこかの国のサイバー諜報《ちょうほう》作戦を暴露してるくらいだもん」

　西村の言うことはなんとなくわかるが、やはりピンと来ない。

「サーバーを立ててサービスしてみればわかるけど、ひっきりなしに世界中からなにかがやってくるんだもん。様子を探っているのか、攻撃なのか、いちいち確認してないけどさ」

　そういうものなのか。確かに英語のスパムメールはよく来る。慣れてしまってなにも感じないが、あれだって海外から攻撃されているってことだ。

　西村と一対一で話すのは初めてかもしれない、と気がつき、せっかくだからずっと疑問に感じていたことを思い切って訊ねてみることにした。

「あの。ちょっと違うことを質問していいですか？　個人的なことなんですけど」

「あら？　こんなおばさんに興味あるんだ」

　西村が頬をゆるませる。

「すみません。マスターのことなんですけど……」

「ああ、そう。そうよね。ふーん、あたしが知ってることなら答えるけど」

　わざとらしく腕組みして、ふんぞり返る。決して本当に不機嫌になったわけではないだろう。

「すみません。あの写真の人って、誰なんですか？」

凪はしおらしくして見せながら、カウンターのうしろの棚の隅に置いてあるスタンドを指さす。

「昔、ここで働いてた男の子。っていっても五年前だから、もういい大人になってるはず」

「そうなんですか。マスターが時々じっと写真を見ているので、なにかあったのかなあ、誰なのかなあって気になってました」

それを聞いた西村は妙な表情を浮かべた。言いたいことがあるようだ。

「なにかあったんじゃないかなあ。いろんな人から聞いた話を総合すると、ふたりはつきあってたらしい。まあ、あくまで推測なんだけど」

「つきあってた」と聞いてすぐには意味がわからなかった。驚きと戸惑いに襲われる。

「でも男同士ですよ。許されない」

凪の頰が熱くなった。

「全然アリでしょ。お似合いだし、当時すごく仲がよかった。すごく驚いてない？　そんなに意外だったかな。顔色が変わったもん」

西村が不思議そうな顔をする。

「マンガや小説ならアリかもしれませんけど、リアルにいたら引くでしょう？　西村さんは平気なんですか？」

「今どき珍しくないでしょ。まあ、少年の周りではあまり見かけないかもしれないけど。そこまで驚くなんてお姉さんは逆にびっくりしちゃった」

「そういうのって禁断の関係というか、罪深い感じがします。僕の周りには西村さんみたいに好意的な人はいませんでした」

「少年はこの世界のことをあまり知らないんだ。あたしの持ってる本を貸してあげようか？」

「本って？」

「だから、そういう男同士の愛の物語。ひらたく言うとＢＬ、ボーイズラブ」

「いや、その、やめときます。なんだか読めそうにないです」

　汗が出てきた。

「少年。照れるなって。マスターのこと好きなんじゃないの？」

「好きって……僕は物心ついた時に父が亡くなったんでマスターくらいの年齢の人に憧れみたいなものがあるんです。それだけです」

　凪は西村から逃げるように少し離れた。言ってしまってから、こんなに個人的なことを言うべきではなかったと後悔する。

「そうだったんだ。無神経なこと言ってごめん」

西村が頭を下げた時、店の扉が開き、マスターが帰ってきた。

「誰かと思えば西村さんだったか。お待たせしてすみません」

凪は、「おかえりなさい」と言ったものの、なんとなく恥ずかしくなってマスターの顔を見られない。

「おかえり、マスター。少年と来《こ》し方行く末について語り合っちゃったよ」

「うらやましいな。オレは行く末なんて考えたことがないし、来し方を振り返るほどヒマじゃない」

「それって、カサブランカをもじったの？」

西村の突っ込みをマスターは苦笑で流した。

「古い映画のセリフさ」

なんのことかわからない凪に、マスターが教えてくれた。どうやら『カサブランカ』というのが映画のタイトルらしい。今度観てみよう。霧香は知っているかな？


その日、凪はあとから店にやってきた霧香と一緒に帰った。近くの店で夕食を食べ、少しビールを呑んだ後、霧香の部屋に寄った。

「すぐに珈琲淹れるね」

ローテーブルをはさんで座ると、すぐに霧香は立ち上がり、そそくさとキッチンに向かう。落ち着きがないのはいつもと同じだが、この部屋では特にそうなる。凪は、そんなに急がなくてもいいじゃない、と声をかけ、キッチンで珈琲豆を挽こうとしていた霧香を止めた。

「え？　あ、そう？　じゃあ、ゲームでもする？」

霧香はそう言うと、あたふたとキッチンからリビングに移動し、ゲームのコントローラーに手を伸ばす。

「少しゆっくりしない？」

凪の言葉で、ぴたりと霧香の動きが止まった。しばらく不思議そうに凪の顔を見る。それから黙って凪の隣に座る。妙にぎこちない。霧香の緊張が伝わってくる。

霧香の部屋は、いつも散らかっているが、ゴミ屋敷的な散らかり方ではなくて、なんというか、妙に落ち着く雰囲気がある。もしかしたらぬいぐるみやかわいい小物など女の子らしいものがないせいかもしれない。自分の部屋に戻ったような気分になることもある。だが、今日は少し落ち着かない。

「なんか落ち着かなくない？」

霧香が小刻みに膝をゆらしながらつぶやく。止まると死んでしまう小動物みたいだ、と凪は思った。そういえば、この部屋でなにもしないで座っているのは初めてだ。たいていネット配信の映画を観たり、ゲームをしたりしている。そうでなければお茶を飲んでいる。

「霧香は動いてる方が落ち着くみたいだね。ふつうはまったり座ってる方が落ち着くと思うんだけど」

「じっとしていると、エコノミークラス症候群で死んでしまう」

「そこまで長時間じゃないだろう」

答えながら、マスターのように洒落《しゃれ》た返しができるといいのにと思う。

「『カサブランカ』って映画知っている？」

「知らない。あたし、あまり映画を観ない人だから、ディスカバリーチャンネルならよく観る」

「ディスカバリーチャンネル？　テレビ？　どこの番組？」

霧香の目が輝いた。ディスカバリーチャンネルについて語りたいみたいだ。

「このマンションってケーブルテレビが最初から入ってて、そこのチャンネルのひとつ。科学番組だけずっと放送しててておもしろい。いろんな動物の生態のドキュメンタリーや、科学の実験とか、ふつうのテレビではやってくれないものがたくさん」

そこまで聞いて納得した。いかにも霧香が好きそうな放送だ。でも、洒落たセリフは出てこないような気がする。

「ミーアキャットの生態を追ったドキュメントがすごかった。ミーアキャットってわかるかな?」

霧香はそこまで話してから、凪の顔を見て話題を変えた。実のところ、凪にはミーアキャットがなにか全くわからなかった。

「ミーアキャットは、ジャコウネコ科マングース亜科の動物で二本脚で立ち上がって周りを見回すので有名。ふつう知らないよね。『カサブランカ』っていう映画観る? ネットの動画サービスにあったらすぐに観られる」

「霧香は興味ないんじゃないの?」

「……長時間、じっと観ているのが苦手なだけで映画は好きなの。凪と一緒なら観たい。時々、タブレットいじってもいい?」

「それくらいはいいけど、つまらなかったらちゃんと言ってよ。無理に我慢させるのは嫌だから」

「大丈夫。無理しても我慢できないと思うから逃げ出すか、ちゃんと言う」

霧香は笑いながら、スマホを操作する。どうやって映画を観るのだろう? と思っていると説明してくれた。

「アンドロイドのグーグルプレイストアから好きな映画を借りられる。スマホで借りて、あのテレビについてるクロームキャストで映せる」

わかったようなわからないような説明だ。どうやら、グーグルのオンラインショップでコンテンツをレンタルできて、それをテレビに映せる仕掛けがあるようだ。データをダウンロードするだけなので、部屋に居ながらにしてレンタルできる。

「あれがクロームキャスト」

と霧香が指さした先を見るとテレビの横に黒いなにかが挿《さ》さっている。大きめのUSBメモリくらいのサイズだ。あれで映画が観られるのか、と感心した。

「スマホでレンタルした映画をクロームキャストで再生できる。宅配レンタルの方が安いんだけど、ネットだとすぐに見られる」

すぐに映画が始まった。

『カサブランカ』は凪が想像していた以上に昔の映画だった。ある意味SFにすら見える時代だ。最近の映画は身近にいそうな人たちが出てくるが、この映画に出てくる人たちはみんな芝居がかっている。実際、芝居なのだから、芝居がかっているのは当たり前と言えば当たり前なのかもしれない。

セリフのひとつひとつ、仕草が全部カッコよく見える。現実にこんな生き方ができたらすごい。

霧香は、なにか気になることがあると、すぐにタブレットで検索をかけ、わかると小声で解説してくれる。主には時代背景や撮影裏話だ。凪は目を画面から離さずに、「ふーん、そうなんだ」と相づちを打つ。霧香と映画館に一緒に行くと大変そうだ。

映画が終わり、凪が両腕を上げて身体を伸ばすと、霧香が珈琲を持ってきた。

「あ、ありがとう。いつの間に淹れたの？」

霧香は珈琲を豆から挽くので、それなりに音がするはずなのだが、全く気づかなかった。

「さっき、珈琲淹れるねって言ったんだけど、映画に夢中で気がつかなかったみたい」

「え？　そうだった？　ごめん」

「ううん。それより映画おもしろかった。ありがとう」

霧香の言葉に、ほんとにちゃんと観ていたんだろうか？　と凪は疑問を感じた。

「よかった。霧香も楽しめた？」

「うん。もう少し短くて展開が早いと退屈しないんだけど。でも、おもしろかった。てか、これってかなり苦い話だよね」

「苦いね」

「カッコつけすぎ。見栄を張りすぎてる。昔はあれがよかったんだと思うと、いろいろ考えてしまう」

見栄と聞いて、確かにそうかもしれないと思う。ああいう見栄を張ることが当たり前の時代だったのだろう。今でも見栄を張る人はたくさんいるけど、ほとんどはお金や自分の地位についてだ。あの映画では、自分の信じる生き方やスタイルを守ることで見栄を張っていた。そこが違う。

「なにを考えてるの？」

「時代が違うなあって感じる。今だと、カッコつけてんじゃねえよ、とか陰口たたかれそう。今どきの人間そのものが、ああいう見栄に向いてない人種になったってことなのかも。でも、マスターにはああいうカッコよさが似合いそうだし、凪も似合うかもしれない。今度試してみたら？」

霧香に言われて、映画の主人公のようにトレンチコートに身を包んだ自分の姿を想像してみる。まだまだ中身が幼すぎる。

「ハードボイルドには、まだ早い」

「そうかなあ。凪は昔風の服装が似合うと思う」

霧香がじっと凪の顔を見る。正面から見つめ合う形になり、凪の心臓が激しく脈打ち始めた。霧香が少し近づいてきた。

ここは自分から抱きしめた方がいいよな、と頭の中で確認しながら霧香の肩に腕を回す。

寄りかかってきた霧香の顔に自分の顔を近づけると、すでに目を閉じていた。自分も閉じた方がいいような気もするが、位置を確認しないとはずれてしまう。まだ慣れていないせいか、いつも目を閉じるタイミングに迷い、結局唇が接触した後になる。

慣れると目を閉じていても位置を察知できるようになるのだろうか。それとも、今の自分のタイミングがふつうなのだろうか。

霧香の柔らかい唇に触れるとかすかに珈琲の香りがした。何度キスしても、どきどきする。そのまま抱きしめ、このあとどうしようかと迷う。

明日の講義の予定が頭をよぎり、一限はないと安心する。ほんとうは霧香の部屋に来る時は、毎回前もって調べてきてあるのだが、いちおう頭の中で確認する。

「あ、もう遅いね」

だが、その日は霧香に出鼻をくじかれた。壁にかけてある時計を見ると、零時に近づいていた。

「こんな時間になってたのか」

凪は名残惜しそうにゆっくりと霧香の背中に回した腕をほどく。今日は帰った方がよさそうだと判断した。

「映画を観たからね。帰る？」

「うん。終電には余裕だけど、そろそろ行く」

凪が立ち上がろうとすると、霧香が首に腕を回して止めた。

「え？」

と凪がつぶやくと、言葉を封じるように唇を重ねてきた。急なことだったので、最後まで目を開けていたが、近すぎてなにも見えなくなった。

「……泊まっていく？」

唇を離すと霧香が真っ赤な顔で訊ねてきた。凪はどう答えてよいのかわからない。いや、ありだと思っていたが、まさか霧香から誘われるとは思わなかった。

「やっぱ、まだ早いよね。ごめん」

凪が返事に詰まっていると、霧香が離れて下を向いた。

「え？　いや、そんなことない」

正直、泊まりたかったし、泊まっても問題ないことは確認済みだ。着替えは持ってきていないが、一日くらい着替えないでもいいし、気になったらユニクロで買えばいい。避妊具はコンビニで買えるはずだ。妙に冷静に考えている自分がいる。

ただ、素直に泊まりたいと言えなかった。言葉に詰まってしまって、霧香の気を削《そ》いでしまった。霧香の部屋に来る前は、今日は泊まるかもしれないとさんざん考えていたのに。

「ごめん」

謝ってから、謝るのはよくないかもしれないと気がついた。今日の自分はダメダメだ。

「謝らないで。ふたりの人間が同じ時に同じ気分になるのって稀なことだから、仕方がない。それに凪は、それだけちゃんと考えてくれてるんだって、むしろ安心した」

「ちゃんと考えるって？」

「ほら、だって、あとさき考えずにとりあえず、やっちゃう男子の方が多いでしょ」

霧香はそう言うと笑い、凪は少し救われた気分になった。

帰る道すがら、凪は霧香とのことを考えた。これからどうすればいいのかよくわからない。なるようにしかならないし、自分だけで決められることでもない。誰かに相談したいような気もするが、話しにくい。親しくなればなるほど、他の知り合いに秘密にしなければならないことが増える。みんなはどうしているのだろう？　相談事というのは、もっと気楽にするものなのかもしれない。このことに限らず、自分は考えすぎだ。霧香とのことだって、もっと気楽に考えるべきなのだろう。

翌週にもまた貸し切りがあり、凪は大学帰りにブラックスノウを手伝った。貸し切りの客が帰ると、入れ替わりにひとりの客が入ってきた。折れそうなくらい細く長身の身体に、白い革のジャケットに黒いシャツを着ている。髪は短く、華奢できれいな身体つきをしていた。

入ってきた瞬間から目に見えない緊張の糸が店に張り巡らされた。

「い、いらっしゃいませ」

凪の声がかすれる。横目でマスターを見ると、表情が強《こわ》ばっているのがわかる。見たことのない顔だ。猛禽類の鋭い目から力が抜けて曇っている。

「久しぶりだな。凌《りょう》」

言いながらお冷やを差し出す。客に対する言葉遣いではない。ふたりは旧知の仲なのだ。

「そう?　僕の中ではずっと時間が止まってるから、久しぶりなんて気がしない。この店だって時間が止まったままみたいだ。止めたのは僕だけど」

硬い声のマスターに比べると、凌はリラックスしてからかっているようだ。

「今日はどうした?」

凌と目が合わないように視線を下に向けたままマスターが低い声で訊ねた。

「美味しい珈琲をいただきにまいりました」

にやりと笑うと、前髪がはらりとまぶたにかかり、ぞくっとする色気を感じた。

「……ゲイシャの浅煎りでいいのか?」

「ぬるめでね」

訝《いぶか》しげに凌を見つめるマスターと、楽しそうに微笑みながら店を見回している凌は対照的だ。

「なんだか、うれしいな。内装や小物もそのまま残しているんだもん」

懐かしそうに目を細める。凌がこの喫茶店のカウンターの前に立つと、一幅の絵になる。古く落ち着いた家具と、昔の映画のポスターや人形、その中に立つ美しい長身の青年。まるで、彼のためにこの場所が用意されたかのようにはまっている。見とれながらもいらだちを覚える。

「オレはそういうおしゃれなことは苦手だからな」

「違うでしょ。変えたくない。忘れたくないいんだ」

そういうことだったのかと凪は納得した。彼がここにあるものをそろえたのなら、雰囲気になじんでいるのも当たり前だ。ここは凌がマスターのために選び抜いた空間なのだ。

「相変わらず、よけいなことに気がつく。好奇心は猫を殺す」

「そのことわざ、好きだよね」

凪はふたりの横で所在なく立ち尽くしている。ふたりの会話に入っていけない。自分は邪魔ものという気分になる。

「実際、お前は死んだようなものだ」

「殺されちゃった。僕は死んでるのかな？　じゃあ、ここにいるのは誰なんです？」

凌がおどけて自分の胸元を人差し指でさす。シャツの隙間からのぞくシルクのような白い肌に凪は目を奪われた。

マスターは凌の挑発には乗らず、渋い顔をする。

「最近はあまり日本にいないんだ。おもしろいよね。日本国内でビジネスするよりも海外から日本市場を狙った方がずっと楽で安全」

凌の外見からは世界を飛び回るビジネスマンは想像できない。マスターは首を横に振る。

「まだそんなことをやってるのか。火遊びは止めろと言ったはずだ」

「僕にビジネスのやり方を教えてくれたのはあなただった」

「オレはビジネスなんか教えなかった」

マスターの語気が荒くなり、凪はぎくっとした。

「オレはネットの基礎を教えたつもりだった。それなのにお前は暴走した」

「ネットは社会の悪意が集積する〝悪意のファネル〟だって、あなたは言ってた。ネットのことを知るっていうのは、人間の悪意を知り、それを金に結びつけることでしょ」

「違う。そうならないようにするのが、本来の知識だ」

平静を保とうとしているが、いつものマスターではない。ひどくいらつき、口調に毒がある。

「だってネットを利用すると騙そうとする連中や、攻撃してくる連中でいっぱいだもん。こっちだって自衛のためになにかしなきゃ。そのうえそれが金になれば言うことなしでしょ」

「言ってることと、やってることが違う。お前はなにも知らない人を陥れて金にしていただろう」

「ネットの初心者だってすぐに慣れて他人を騙すようになる。だから先制攻撃しただけ」

「その理屈だとネット利用者は全員お前の敵ってことになる。だから誰でも攻撃していいと思っているのか？」

「そう。自分以外は全部敵。今すでに敵になっているか、これからなる可能性があるかって違いしかない。だから誰でも攻撃していい」

「ネットは無法地帯じゃない」

「ネットに法律なんかない。あなただって知ってるでしょ。世界中の政府がサイバー空間で戦争しているんだ。平和で秩序ある空間だなんて誰も信じないよ」

「そんなやつらばかりじゃない。少なくともオレは違う」

マスターがそう言うと、凌はくすくす笑いだし、「変わってない」とつぶやく。それからしばらくふたりは黙った。

「新しいバイトの子を入れたんだね。きれいな子。そこの大学の学生かな？」

突然、凌が自分の方を指さしたので、凪ははっとした。ぎこちなく会釈する。凌はにっこり笑ってウインクしてきた。どうしたらいいかわからない。まさかウインクを返すわけにもいかない。

「月島凪くんだ。お前と違って好奇心に殺されることはない」

マスターは淹れている最中の珈琲から目を離さずにつぶやき、凌は笑みを浮かべたまま凪を見る。だが、心では笑っていないことがわかる。

「お待たせ」

お茶のようなかぐわしい香りを漂わせるカップをマスターが凌の前に置くと、凌は両手でカップを持ち、ひとくち含んだ。

「美味しい。来た甲斐があった。どこで飲んでもゲイシャは美味しいけど、ここのは格別だ」

「今のお前は抜け殻だ。本当の自分をどこかに置き去りにして、抜け殻だけが昏《くら》い闇の世界を彷徨《さまよ》っている」

珈琲を褒め称《たた》える凌の言葉には答えず、マスターは視線を下に向けて洗い物を始めた。

「闇の世界で稼いだ金で、明るい世界を買えますよ」

「金で買えないものもある」

「金で買えないものに、ろくなものはない」

「金で買えるものはしょせん代替可能なものでしかない。若さや命はどこにも売っていないだろ」

「若さや命ね……よかった。マスターが、愛情は金で買えないなんて言い出したらどうしようと思った。そこまで甘ちゃんでなくてうれしいですよ」

凌は珈琲を飲み干すと、頬杖をつき、切れ長の目を上目遣いにしてマスターを見る。凌はマスターのことを好きなのだ。口では反発していても、心の底では自分の方に振り向いてほしくて仕方がない。

「人一倍、苦い思いをしてきたからな」

「一番苦いのは僕との思い出だったりしてね」

ふたりは、なんの話をしているのだろう。自分はここにいるべきではないという気になる。三人の中で自分だけが語るべき共通の思い出を持っていない。やりきれない疎外感と嫉妬が頭の中で渦巻く。凪の居心地の悪さが最高潮に達した時、凌が立ち上がった。

「マスター、美味しかった。ありがとう」

そう言うと、手早く会計を済ませ、店を出て行った。マスターは無言だ。訊きたいことはたくさんあるが、今は声をかけてはいけないような気がしてなにも言えない。

凪はなにも言わずにカウンターを出ると、凌の使ったカップやソーサーを片付け、テーブルを拭いた。それからカウンターの中に戻り、洗い物を始める。横目でマスターを見ると、怖い顔で腕組みしている。いやでも緊張する。こんなことは初めてだ。

「彼は、以前ここでバイトしていた大学生だ」

マスターがぼそりとつぶやいた。はっとして顔を見ると、腕組みをして下を向いたまだ。なにがあったのか訊きたいのだが、訊いてはいけないような気がする。訊いてはいけないということが、よけいに凪の心をざわめかせる。

「気がついたかもしれないが、彼があの写真の人物だ」

指さした先の棚の写真には凌とマスターが写っている。

「凪には話しても問題ないだろう。誰にも言わないでくれ。西村さんや霧香ちゃんにもだ」

マスターが顔を上げて、凪を見た。反射的にうなずく。

「は、はい。言いません」

「あいつがバイトを始めたのは大学三年生の時だった。飲み込みの早いヤツで、すぐに店に慣れた。珈琲を淹れるのは無理だが、それ以外のことは一通りできるようになった。それからネットに興味を持ちだした。最初はオレが解決した事件のくわしい解説をせがむくらいだったが、そのうちノートパソコンを店に持ってきて、ハッキングツールの使い方をオレに訊ねるようになった。そしてオレの知らない間にサイバー犯罪に手を染めるようになった」

マスターは、凪の肩に手を置き、じっと目の奥をのぞき込んだ。

「君にも話したが、サイバー犯罪は決して難しいものじゃない。マルウェアだって開発キットを買えば簡単に作れる。だが、世の中にはやってていいことと、悪いことがある。サイバーの世界では、その境界線があいまいだ。遊びと犯罪の一線を知らない間に越えてしまう。あいつはその一線を越え、やがてバイトも辞めた」

凪の肩に置かれた手に力が入った。マスターの温《ぬく》もりが肩から、心臓に伝わってくる。胸の高鳴りが止まらない。

「あいつがサイバー犯罪をしていることを知ったのは、バイトを辞めた半年後だ。あいつはここに遊びに来て、今日と同じようにゲイシャを注文し、それから自分のしたことを話し出した。自慢のつもりだったんだろう。オレが、褒めると思ったのかもしれない。だが、褒めるわけがない。犯罪は犯罪だ。オレはあいつを責め、自首を勧めたが、あいつは反発し、証拠はないと言って店を出て行った。それが四年前だ」

凪は予想もしなかった話の成り行きに戸惑った。マスターは凪の肩から手を離すと、お冷やを入れて飲み干した。

「あの人はなにをしたんですか？」

「ランサムウェアは知っているかな？」

「いえ」

「データやシステムを暗号化して使えなくし、復号キーがほしければ金をよこせというサイバー犯罪の一種だ。あいつはそれをやって金を稼いでいた」

「ほんとうですか？」

「そうだ。オレはあいつがランサムウェアに手を出したと知ってから、日本人のランサムウェア犯罪グループの動きを注意して見るようになった。あいつは、単純なランサムウェアから、より危険で大規模な犯罪に移っていった」

「大規模？」

「そうだな。たとえば、最初はコンピュータの中のデータやパソコンそのものが狙われていた。その次は組織で持っているデータが狙われた。ランサムウェアがネットワークでつながっているあらゆるデータを暗号化してしまうんだ。クラウド上のものはもちろん、バックアップ用のものまで。そうなると会社としてはとんでもない損害になる。そんな感じであいつの犯行はエスカレートした」

そういう意味の大規模か、と凪は理解した。

「次になにが人質に取られると思う？　といっても表には出ていないだけで、実際に起きているんだが」

マスターは渋い顔で凪に訊ねた。

「わかりません」

凪には想像もつかない。

「最初はパソコンの中にあるデータ、次はパソコンまるごと、その次はネットワークの中のデータ。次に来るのはネットワークまるごとだろう」

マスターは首を振った。凪はネットワークまるごとと聞いて少し驚いたが、その意味がすぐにはわからない。

「ネットワークにつながっているもの全てを使えなくするんですか？」

「そう。狙われるのは、使えないと困るようなネットワークを持っているところだ。銀行の決済ネットワークや工場の監視制御ネットワーク」

どきりとした。確かに使えないと困る生活のインフラだ。

「そんなことできるんですか？　だってそんな大規模で重要なものだと防御も固いはず……」

言いかけて凪は口をつぐんだ。そうだ。大規模になればなるほど、隙が生まれる余地ができる。重要になればなるほど、攻撃してくる相手も増えて破られる危険性も高くなる。

「大規模で重要なものだからこそ、狙われるし、破られることもある。もうひとつ大事なポイントがある。緊急度が高いものを狙うんだ」

「緊急度？」

「たとえば病院のカルテのシステムはすぐに使えないと困る。命にかかわるからな。実は、すでに病院のシステムはターゲットにされていて、多額の身代金を支払ったケースもある」

「もうそんなことが起きてるんですか？」

「そうだ。時代は想像よりも早く進んでいる。サイバー攻撃を受けて韓国のＡＴＭが停止する事件があった。国中のＡＴＭが人質に取られる事件も起こるかもしれない」

「そこまでするとほとんどテロか戦争ですね」

「サイバー空間では、犯罪もテロも戦争もやっていることは似通っている。使う技術やツールが同じだから、厳密に分けることは難しいだろう。逆に言うと、戦争なみの規模のサイバー犯罪が起きても不思議はない」

「なんか話が大きくなりすぎて、ついてゆけません。マスターの言うことは、頭ではなんとなくわかるんですけど、実感がわかないんです。戦争だって実際に起きるまでは実感わかないんでしょうね。そういう意味ではわからない方がふつうなんでしょうか」

「オレもそれがふつうの感覚だと思う。最近、あいつらがやったのはもっと現実味のない犯罪だ。国家を人質に取った」

「国家？」

「そうだ。国そのものだ。凪は選挙に行ったことがあるかい？」

「はい」

「鉛筆で紙に記入しただろう？　ひどく非効率だし、無効票も出やすい。仮にタッチスクリーンを押すだけで投票できて、投票時間が終わるとすぐに集計できる仕掛けだったらどうだ？　本人確認もマイナンバーで済むとしたら？」

「すごく便利ですね」

「その通りだが、利便性は脆弱性《ぜいじゃくせい》につながりやすい。日本では電子投票はまだだが、あいつらは、電子投票を導入していたある国の投票データを投票中に暗号化してしまったんだ。つまり、国そのものを人質にしたようなものだ」

　選挙を人質に取る？　もはや違う世界のできごとにしか思えない。しかし、マスターの言う通りなら電子投票を始めれば日本でも起こり得ることなのだろう。どんどん自分の知らない世界の話になってゆく。

「投票は一時中止となり、犯人との交渉になった。公式には交渉内容は発表されず、身代金は支払わず、選挙はやり直すことになった。だが、実際には身代金を支払っていた。犯人が何度でも同じことを繰り返せることがわかったので払わざるを得なかった。いや、正確に言うと、投票結果を書き換えることだってできることがわかったので応じた。その後、すぐにその国では電子投票システム以外でも全国民が投票できるような仕組みを構築せざるを得なかった。紙の記録を残す方法を持たない電子投票システムは多い。これから似たようなことがたくさん起きるだろう」

想像がつかない。国家規模のテロ行為だ。そんなことを凌がやってのけたことに驚く。同時に妙な興奮を覚える。不謹慎だが、わくわくする。

「彼がひとりでやったんですか?」

「いや、メンバーのひとりだっただけだ。日本で電子投票が始まれば、彼が中心となった犯罪チームができるかもしれない。悪夢だな」

マスターは自嘲的に唇を歪《ゆが》める。

「あいつは今じゃ自分で運営するダークウェブで、さまざまなネットワークの情報を売買している。それがあれば、狙ったネットワークを人質に取れるわけだ。悪夢の見本市だな。ダークウェブってのは、アンダーグラウンドのなんでもありの闇市場だ」

「人が、そんなことをしているなんて信じられないというか、怖いっていうか……」

凪は言葉が見つからない。さきほどの興奮は収まり、今さらながら不安になってきた。そこまで大規模な犯罪にかかわっていたとは知らなかった。言ってみれば国際的なテロリストのようなものだ。

「ネットは広大だ。手軽にどこまでもどことでもつながることができる。君のスマホがロシアの諜報機関に乗っ取られて、勝手に誰かにメールやＬＩＮＥを送っているかもしれない。大手ダークウェブの運営者ウルブリヒトは逮捕された時二十九歳だった。あいつとたいして変わらない。昔は海を越えて犯罪を行ったり、攻撃したりするためにはそれなりの装備と労力が必要だった。だが、今はパソコンひとつあればたいていのことができるし、ちょっとした犯罪と国家を狙う攻撃で使う技術は同じだ。だから一線を踏み越えてしまえば、どこまでも深い世界に入ってゆける。だが、その先にあるのは破滅だ。君は今はまだネットの世界に深い関心を持っていないが、もし踏み込むようになったら気をつけてほしい。越えてはならない一線はひどく身近にある。そこを越えたら、国内の犯罪も海外の政府を攻撃するのもたいした違いではなくなる」

「凌さんという人は、もうそこまで行ってしまったんですね」

凌の冷たく鋭い横顔が頭に浮かんでくる。繊細で美しい彼の手がキーボードの上を踊り、世界を破滅に陥れるのだ。

「そうだ。オレにも手の届かないアンダーグラウンド、ダークウェブの中に行ってしまった。オレがよけいなことを教えたせいかもしれない」

マスターはそう言うと、カウンターのうしろの椅子に腰掛けてため息をついた。疲れた時に休むために置いてある椅子だが、滅多に座ることはない。長いため息が痛々しかった。

「推測の域を出ないが、次にあいつが狙っているのは……」

凪は黙って次の言葉を待った。その時、店の扉が開いた。

「おっと、お客さまだ。この話の続きはまた機会があったらしよう」

マスターは椅子から腰を上げると、入ってきた老紳士に、「いらっしゃいませ」と声をかけた。

「そ、そんな」

凪はつぶやいたが、その反面ほっとしてもいた。これ以上、聞いたら頭の整理が追いつかない。

凪が客にお冷やを出すと同時に、次の客が店に入ってきた。

「ねえねえ、マスター。おもしろい人を連れてきた」

常連客の西村だった。珍しくひとりではない。品のよいグレーのスーツを着こなした中年男性と一緒だ。

「どうも」

見たことのない客だった。いかめしい顔つきだが、物腰は柔らかい。マスターも不思議そうな顔をしている。

「初めまして……ですよね」

マスターは軽く頭を下げ、「お好きな席にどうぞ」と続ける。西村はいつもの一番奥の席に腰掛け、男性はその隣に座った。落ち着いた人物で、動きに無駄や隙がないように見える。西村がおもしろいというからには何か特技でもあるのだろうか？

「念のために言っとくと彼氏とかじゃないから。取引先の人。こう見えてもタイガーチームの責任者なの」

マスターがお冷やを出すと、西村はいかにも楽しそうに男性を紹介した。タイガーチームと聞いて凪は首をかしげる。聞いたことのない言葉だ。

「怖い人を連れてきましたね」

マスターの顔が少し強ばる。

「大日本電気のサイバー戦略本部で仕事をしています。大貫《おおぬき》です」

大貫と名乗った男性が立ち上がる。

「恐縮です。店長の加村と申します」

ふたりはカウンターテーブル越しに名刺を交換した。

「なにやってんの？　ここは喫茶店でしょ？　なんで名刺交換してるの？」

「いや、ちゃんとご挨拶した方がいいかなと思って……おかしかった？」

大貫が頭をかく。見かけのいかめしさと違い、話し方はひょうきんだ。

「おかしいでしょ。いちいち喫茶店に入るたびにそこのマスターと名刺交換してたら個人情報ダダ漏れでしょ」

「だって西村さんが、ここのマスターはひと味違うって言ってたから、ちゃんとご挨拶しないといけないと思ってたんですよ」

大貫はいかめしい顔の割りには、くだけた人物らしい。西村に責められると、とたんに口調が変わった。

「まあまあ、西村さん、挨拶をするのは悪いことじゃない」

マスターが苦笑したが、目は笑っていない。なにかを警戒しているようだ。

「それにこの名刺は一時的なものですね。大日本電気のサイバー戦略本部でタイガーチームということは、実際の所属はアオイ社に違いない」

マスターの言葉で大貫の顔色が変わった。

「なるほど、噂通りだ。すみません。甘くみてました」

大貫はあらためて違う名刺を差し出した。凪にはなにが起きているのかよくわからない。

「やっぱりそうだったんですね。よけいな詮索をして申し訳ない」

「なんでわかったの？」

西村の声が裏返る。

「大日本電気のサイバー戦略本部でセキュリティをやってるのは主に外部の人間というのは業界では有名です。大日本電気そのものは官公庁への営業とコーディネートしかしていないはず。タイガーチームは、サイバー関係の仕事の中でも特に手間と技術の必要なペネトレーション、つまり実際にシステムに侵入するテストを行うチームだから、そこまでできる日本国内の会社の数は限られている。さらに大日本電気と提携している会社で、タイガーチームを持っているのはひとつ」

マスターの言葉で凪も、ことのあらましがのみ込めたが、目の前のサラリーマン風の男性が、そんな仕事をしてるとは意外だった。

「いい推論です。ロジカルかつ知識もお持ちだ。こういう人が業界の外にいるのは危険ですね」

「頼りになりそうでしょ？」

危険という言葉を聞いた西村が不思議そうな顔をする。

「知りすぎていて危険です。業界に入っていただくか、消えていただくしかない」

大貫の言葉に凪はぎょっとする。西村も、はっとしたようで無言で大貫を凝視する。

「冗談ですよ」

あわてて大貫は両手を振って否定した。

「オレのように知っていることをペラペラしゃべるのはたいしたことのない人間です。危険なことはなにもない。危険な連中は言う前に実行する」

マスターは、わかってますと言いたげに答えたが、目は冷たく大貫を見つめたままだ。

「この名刺から得られた情報を元に、ソーシャル・エンジニアリングを仕掛けることもできます。今なら大貫さんは確実に社外にいる。そしてどこかから大貫さんに電話がかかってくればオレにもわかる状態だ。目の前にいますからね。この状況を生かせば大貫さんになりすまして、会社に電話して罠を仕掛けられる」

「怖い、怖い。ほんとに怖い」

大貫が笑ったが、目は笑っていない。万が一、そんなことをされた時の被害と防御方法を頭の中でシミュレーションしているように見える。それにしてもマスターはいつもと違う。ふだんよりも攻撃的で饒舌《じょうぜつ》だ。突然現れた凌のせいかもしれない。

「なにかあったの？　マスターちょっと気が立ってるみたい。少年が大事なカップでも割った？」

西村が首をひねる。

「割ってません」

凪がすかさず反応すると、マスターが笑った。

「凪は優秀だ。まだ一度もカップを割ったことがない。安心して大丈夫。ちょっと気になることがあって、それで少し神経質になっていたかもしれない。失礼しました」

マスターは西村と大貫に軽く頭を下げた。ふたりは、「いや、そんな」と恐縮する。

そこからはふだんのマスターに戻った。

西村と大貫は、珈琲を飲み終わると、帰って行った。いつも長居をする西村にしては珍しい。帰りしなに、「また来る」とマスターに手を振った。

ふたりが帰った後、マスターに電話があり、貸し切りがキャンセルになった。

「なにか事件があったらしい。貸し切りはなくなったが、凪は予定通りの時間でバイトしていってくれ」

マスターは肩をすくめると凪に微笑んだ。貸し切りがないなら帰ってもいいんだけど、と思いながら凪はバイトした。

一時間後、本来なら貸し切りが終わる頃の時間になると、霧香が現れた。凪がバイトをする日には、霧香は必ず凪を迎えに来るのが常になっていた。その日も凪のバイトが終わる時間を見計らってやってきた。

「コロッケ食べたくない？」

席につくやいなや、凪に話しかける。

「え？　なんで突然？」

「うしろの席の男子が神戸コロッケが美味しいって話をしてるのが聞こえて食べたくなって思わずメモった」

そう言うとタブレットを見せる。グルメサイトの評価記事だ。

「しばらく食べてないなあ。なんだか懐かしい。晩ご飯に食べる？」

「バイトが終わったら、一緒に買いに行って、うちで食べよう。ご飯はあるからおかずだけ買えば大丈夫」

霧香はそう言うと、満足そうににっこり笑った。胸がきゅっとしまる。不意打ちのように、霧香のかわいらしさを感じることがある。

「今日はもう大丈夫だ。早上がりしていいよ」

ふたりの会話を横で聞いていたマスターが凪に声をかけた。

「え？　いいんですか？」

そう言って霧香と顔を見合わせる。

「この後はそんなにお客さまは来ないだろう。オレひとりで充分だ」

「じゃあ、お言葉に甘えて」

凪はそそくさと横の部屋に着替えに入る。

凪と霧香は東武百貨店の地下二階にある神戸コロッケへと向かった。池袋西口と一体化した東武百貨店は昔ながらの風情のままだ。子供の頃、親に連れられてきた時と変わらない。昭和の雰囲気が漂う池袋のシンボルにふさわしい。

「迷うね。サラダも買いたいけどいい？」

ふたりは食品売り場で神戸コロッケを探しながら、他のおかずも物色していた。いろいろあって目移りする。

「僕も食べたいから買おう」

そう言うと、凪は霧香の手を引いてサラダ専門店に向かった。ふたりは、サラダとコロッケ、それにいくつか総菜を買うと、霧香の部屋に向かった。ままごとみたいで楽しい。

好きな人と暮らすというのは、こんな感じのものなのだろうか？　買い物をしているだけなのに、心がほかほかして満ち足りた気分になる。

部屋に入ると、買ってきたものを広げ、ワインを呑みながら食事をした。食事の時も霧香は落ち着かない。タブレットかスマホを常に手元に置いて、食べている時も凪と話しながら操作する。注意した方がいいような気がしているが、タブレットを見ないとさらに落ち着かなくなりそうな気がしてあえてなにも言わないでいる。

初めて会った大学の講義の時もそうだったし、学食でもタブレットを離さない。もはや身体の一部と化しているように思える。

「凪ももうちょっと呑んだら？」

タブレットを見ていたかと思うと、不意に顔をあげてワインを勧めてくる。勧められるままにワインを呑んでいたら、少しぼんやりして楽しくなってきた。なぜか、凌と話していた時のマスターの顔が浮かんで来る。

凌が今なにをしているのか気になる。マスターの話の通りなら、自分の知らないネットの奥深い闇の中に潜み、闇の世界の仲間を相手にしたマーケットを営んでいる。そして時々現れては犯罪を仕掛けている。マスターはそれを止めようとしているのかもしれない。

「なに考えてるの？　話を聞いてなかったでしょう？」

「あ、うん。ごめん。実はさ……」

凪は霧香に凌のことを話してみることにした。マスターには口止めされていたが、どうしても気になってしょうがない。後ろめたさに、知りたさが勝った。霧香ならなにか気がつくことがあるかもしれない。だが、霧香は予想外の反応をした。

「あたしも以前、その凌さんって人を見たと思う。道ですれ違った。池袋には珍しいきれいな男の人だなあって気になった。すごい偶然かも」

さすがにそれは別人のような気がしたが、あえて突っ込まなかった。霧香はカンの鋭いところがある。ほんとうに同一人物かもしれない。それにしても自分は「凌」という名前を口にしていなかったはずなのに、霧香はなぜ知っていたのだろう？　酔っているから話したのを忘れたのかもしれない。

「マスターってほんとうに謎が多い。バイトしててマスターの正体のヒントとかなかった？」

霧香は凪の目をのぞき込む。

「正体？　いや、昔のことはほとんど話さないからね。それに無口だし」

「そうなんだ……気になる」

「まあ、マスターの正体は僕も気になるけど、それにしても気にしすぎだよ」

「そうかな？　だってマスターも淩っていう人のようにネットのアンダーグラウンドにもくわしそう。ダークウェブって知ってる？」

「あ、うん。名前だけは。くわしくは知らないんだけど。淩という人がその世界にいるってマスターから聞いた。ちょっと興味あるけど、自分でその世界に入ったことはない」

「深入りすると危ないから気をつけて。いろんなサイトがあるけど、ほとんどは犯罪がらみで、殺人の依頼を受け付けてるところもある」

やはり霧香はアクセスしたことがあるようだ。危険なことをしていなければいいのだけど。

「殺人？　だって、そんなの見つかったらすぐにサイトが閉鎖されて関係者は逮捕されちゃうんじゃないの？」

「それがそうでもないの。だって、どこにサイトがあって、どんなサービスを売ってるかって、なかなかわからない。もしアクセスできても、匿名ネットワークの中にあるから関係者を特定するのが難しい。支払いもビットコインっていう匿名性の高い仮想通貨を使っているからお金の流れからも関係者を特定できない」

「無法地帯みたい」

「ほとんど無法地帯だし、数もたくさんある。ふだん使っている検索サービスでヒットするサイトよりも、検索で引っかからないサイトの方がずっと多い。全部がダークウェブってわけじゃなくて、会員制とか、登録制のものや社内からしか見られない社内ネットとかも含めた検索できないサイトだけど。それにしてもすごく多いでしょ」

「ほんとにそんなに多いの？」

「なにかのレポートで読んだことがある。ちゃんと調べた結果だから間違いないと思う」

見えない闇の世界の方が、表の世界よりはるかに広いと聞いて凪はかなり驚いた。グーグルやヤフーで検索しただけでも莫大《ばくだい》な量の情報がヒットする。それがほんとにごく一部だったなんて信じられない。

「しかも匿名ネットの中だから見つけにくいものがほとんど」

「じゃあ、やりたい放題？」

「でも、目立ってしまえば、ＦＢＩや各国の警察が動き出すから、特定されて逮捕されることもある。『シルクロード』っていう有名なダークウェブの主宰者ウルブリヒトは二〇一三年に逮捕された。八十億円くらい利益があったんだって」

八十億円と聞いてもピンと来ない。ただ、すごくたくさんのお金というくらいだ。マスターもウルブリヒトのことを話していた。

霧香はタブレットを操作すると、いくつかの情報サイトを表示して見せた。いずれもシルクロードに関する記事だ。

「え？　主宰者も自分のサイトで殺人を依頼してたんだ」

「そうそう。何回か頼んだらしい。でも、かなりお金を払ったのに実行されなかった。よくある詐欺に、自分が作ったサイトで引っかかったみたい」

「主宰者でも騙されるんだ。それって皮肉だね。日本にもダークウェブはあるのかな？」

凪は凌のことを頭に浮かべながら訊ねた。彼が運営しているというダークウェブは日本語なのだろうか？　なんとなく英語のような気がする。世界中から危険な人たちが集まってくるイメージがある。

ネットにそれほど興味があるわけではないので、こうした話を深く考えたことがなかった。でも、ここまで身近になってくると考えざるを得ない。

「あるよ。アクセスしたこともある。でも、扱っている商品はまだ少ないし、規模も小さい。でもね、日本の情報を扱っているサイトはすごくたくさんあると思う。日本人の個人情報、日本発行のクレジットカード情報、偽造パスポート、児童ポルノ……そういうのは世界中に売れる」

凌が運営しているのはそうした世界に向けたサイトなのだろう。バイトしている珈琲店の元アルバイトが、莫大な金額を扱うダークウェブの主宰者で、国を相手取った脅迫事件を起こすなんてあまりにもウソっぽい。現実感がないが、それがリアルなのだ。怖い時代に生きているのだ。しかもネットなしに生活するなんてことは考えられないから逃げることはできない。

「日本人が主宰してる英語のサイトもあるのかな？」

「あると思う。主宰者が誰かわからないんで、なんとも言えないけど。やっぱり、ちゃんと商売しようとしたら日本語だとお客さんが限られるから英語にする」

霧香は当たり前のようにそう言った。この部屋からダークウェブにアクセスしているのだ。凌のサイトにもアクセスしたことがあるかもしれない。それにしても、霧香は思った以上にダークサイドに通じている。

凪が今まで知らなかった危険な領域が、すぐ身近にある。そのことが実感としてわからない。

「なんだか違う世界のできごとみたいだ」

「ふつうに暮らしてると、そういう世界には関わらないもんね。サイバーでないリアルな犯罪も、そうでしょ？　『闇金《やみきん》ウシジマくん』もほんとにああいうことあるんだろうけど、身近でそんなことが起きてるって信じられないもん」

『闇金ウシジマくん』は、ネカフェでマンガを読んだことがある。確かにあそこに登場する人たちは違う世界に住んでいる。でも、日常、自分が乗っている電車の中や出席している講義の教室に、ひとりくらいはああいう世界に足を踏み込んだ人がいても不思議はない。

街を歩いていても怪しげな金融業者の貼り紙を見かけることがある。彼らはすぐそこにいて、なにかのきっかけがあれば自分だってそこに足を踏み入れる可能性がある。

「マスターって怖そうだけど、知り合ってみるとすごくやさしいよね」

「そう思うけど、突然どうしたの？」

「なんとなく、そう思ってさ」

「……あたしの観察に間違いなければ、凪がマスターのことを考えている時間は増えている」

どきりとした。決してそんなことはないと言いたいが、そう思われても仕方がないのかもしれない。

「僕の考えていることがわかるの？」

霧香はすぐには答えず、横目で凪の顔をながめながらワインをひとくち呑んだ。

「どうかな？」

横座りしていた姿勢から両脚を前に投げ出し、ため息をつく。妙な沈黙が襲ってきた。

「酔ったみたい。今日はもう帰る」

突然、霧香が立ち上がろうとしたので、凪はあわてて止めた。

「いや、ここは霧香の部屋だけど」

「あ」

あわてて座り直した霧香を見て、凪はどうしたものかと迷う。

「今日は、もう帰った方がいいかな?」

「ごめん。混乱して変なこと言った。帰った方がいいかもしれない。こんなこと初めて」

「大丈夫?」

「感情がじゃっかん不安定なので、今日はお引き取りいただいてよろしいでしょうか?」

霧香の口調が突然事務的になった。タブレットで顔を隠すので表情がわからない。申し訳ない気持ちになる。

「いや、でも、このままで帰るのは心配になってきた」

「現在、考えているのは、あたしって、わがままで面倒な女だなあということです。ご心配痛み入ります。でも大丈夫です」

霧香のいじらしいところがたまらなく愛《いと》しく思えた。胸がきゅっとなり、思わず抱きしめた。霧香がタブレットを床に置く。

「僕が好きなのは霧香だけだよ」

口にした時、本当にそうなのか？　というささやきが頭のどこかで聞こえた。うしろめたさにわしづかみにされた。

「ありがとう。ほんとにありがとう」

霧香の両手が凪の背中に回り、呪縛のように強く凪の身体を拘束する。


その夜、凪は霧香の部屋に泊まった。

深夜、目覚めた凪は、自分のしていることがわからなくなった。いろんなことが気にかかる。霧香に、「泊まっていく？」と訊かれた時にすぐに答えられなかったのもそのせいだ。

頭にマスターと凌の顔が浮かび、西村の言った「つきあってた」という言葉が重なる。ふたりが愛し合っている姿が頭に浮かぶ。昔のことなど考えても仕方がないと無理矢理に蓋をする。

胸の奥に押しとどめられた熱い思いはどろどろと内側から身体を溶かし始めていた。自分が自分でなくなるような感覚を凪は味わった。

＊＊内通者Ａ

内通者Ａは〝人形〟といる時、ずっとうしろめたかった。親しくなればなるほど、その思いは強くなった。

愛している相手のために他の人と身体を重ね、偽りの愛を語って信用させる。そのうしろめたさが、Ａを苦しめる、でも同時に背徳的な愉悦も味わっていた。

だが、〝人形〟との性交に快感はなく、Ａは醒《さ》めた頭で相手の反応を確認していた、まるで仕事のように。Ａは、そんな風に感じる自分を薄汚く醜いと思った。

Ａは部屋でひとりになると、罪の意識に苛《さいな》まれた。１ＬＤＫのこぢんまりした部屋。カーペットとローテーブル、そしてパソコンとテレビくらいしかめぼしいものはない。Ａを癒やしてくれるのは〝彼〟との通話だけだった。〝彼〟と通話するためには、Ａは〝彼〟の言うことをきかなければならない。しかし言うことをきけば、〝人形〟や加村を騙すことになる。終わらない悪循環に陥った。

つらさが頂点に達した頃、〝彼〟がブラックスノウを訪ねた。

「敵情視察だよ。ちゃんとやってるかも気になったしね」

後で〝彼〟はＡに説明した。本当はマスターの顔を見たかったに違いない。かつて、愛し合った相手。今は敵と味方に分かれて探り合い攻撃し合っている相手。全身が焼かれるように熱く、胸を締め付けられるように苦しさと憎しみがこみ上げてくる。Ａは昏く重い気持ちを持った。

　そして、〝彼〟がAを苦しめるためにわざとやっているに違いないと考えた。嫉妬させ、いらだたせ、そのつらさに囚《とら》われて逃げられなくしようとしている。苦しいから逃げたくなるなんてことはない。愛する美しいものから与えられる苦しみは悦《よろこ》びだ。一度、その激しい感情を知ってしまったら、ぬるい友人や恋人などいらなくなる。破滅と隣合わせにいてこそ〝彼〟は美しい。

　泥沼の中で〝彼〟に対する愛情だけが生きている証のように思え、学校も知り合いも家族もなにもかも見えなくなる。〝彼〟の世界で自分は死ぬのだ。そこにしか救いはないように思えた。Aはますます泥沼にはまっていった。

第五話

晩冬　金融情報サービスの罠

凪はグレーのハーフコートを着て大学への道を歩いていた。身軽に動ける短めのコートは彼のお気に入りだ。

正門をくぐると、木々の葉が落ちて殺風景になったキャンパスを抜けて校舎に向かった。すれ違った女の子が口ずさんでいたボカロの歌詞が妙に耳に残った。

教室に入ると、坂井《さかい》という同じ学部の男子が霧香に熱心になにかを説明しているのが見えた。霧香が他の男子と話しているのは珍しい、と思いながら近づくと、楽しそうな雰囲気ではないことに気づいた。

坂井はいわゆる〝ちゃらい〟感じのする生徒だ。かといって頭が悪いわけではなく、前期の成績はかなりよかったようだ。

「よう」

凪が霧香の横に座ると、坂井が軽い調子で挨拶してきた。

「おう」

と凪も返す。だが、坂井はすぐにまた霧香に向かって、ぺらぺらと話し出した。数字を並べているが、なんの話をしているのか凪にはよくわからない。ふたりの間に共通の話題などなさそうだが。

霧香が凪に話しかけようとすると、

「もうちょっと話を聞いてよ。絶対やった方がいいんだって」

坂井が遮った。

「ごめん。興味ない」

即座に霧香は断り、タブレットで顔を隠す。

「え？　なんで？　倉橋さんってネットやパソコンくわしそうじゃん。ブログとかやってるでしょ？　オレは親切で言ってるんだぜ」

霧香は無理というように、タブレットで顔を隠したまま、首を横に振る。

「なんの話？」

凪はこらえきれずに、割って入った。

「月島はアフィって知ってる？　それだよ」

坂井はほっとしたような表情を浮かべた。凪が関心を持ってくれたと勘違いしたようだ。もちろん、興味はなく、追い払いたいだけだ。

「なんのこと？　知らないと思う」

うっかり答えてから後悔した。こうやって相手の言葉に反応するから、話を聞かされるはめになるのだ。

「アフィリエイトだよ。自分のサイトにリンクを貼っといて、それをクリックしてなにか買った人がいたら何パーセントか謝礼がもらえるってアレ」

「坂井はやってるの?」

「前からやってるよ。月に十万くらい稼いでるから余裕でバイトしないで済んでる」

十万と聞いて、周囲の学生が驚いた顔をしてこちらを見た。

「ほら、ここだよ」

坂井が見せたスマホの画面には、「金融情報サービス〝安心フィナンシャルアドバイザー〟安全で最高の投資をご紹介します」と表示されていた。銀行のサイトのようなデザインだが、うさんくさそうだ。

「すごく儲《もう》かるから倉橋にも教えてたとこ。だって、無料の会員登録をさせるだけで、一件当たり百円もらえるんだぜ。今月もう七百人くらい登録させてるから、七万円以上は確定」

儲かるのかもしれないが、だからといってあまり親しくない霧香をわざわざ誘うのには、他にも理由があるはずだ。うさんくさいものを見るような目つきでにらむと、さすがの坂井も気がついたらしく、口をつぐむ。

「それだけじゃなくて紹介した知り合いがアフィリエイトを始めると、その謝礼の十％も紹介した人に入るから、あたしにもやるようにだって」

かわりに霧香がほんとうに嫌そうな口調で説明した。

「どういうこと？」

「普通のアフィリエイトだと、誰かが坂井くんのブログを見て、そのサービスに登録すると坂井くんに百円入るんだけど、あたしのブログを見て登録した場合でもさらにその十％の十円が坂井くんに入る仕掛け。あたしが坂井くんの子分みたいな感じになるわけ。子分を増やせば増やすほど、収入が増えるから熱心に勧誘してる」

霧香はタブレットに、手書きで簡単なチャートを書いて説明した（図1）。それを見て、凪もようやくわかった。

「おいおい。別に倉橋さんから金もらうわけじゃないし、倉橋さんにもちゃんと謝礼は入るんだから、なにも悪いことないだろ？」

坂井が言いわけがましく、あわててまくしたてる。

「やるわけない」

「絶対儲かるって。やらない理由ないでしょ」

霧香はもう坂井の方を見ようともしない。なんとかうまく丸く収めつつ坂井を追い払うにはどうすべきか凪が迷っていると霧香が口を開いた。

「アフィリエイトは、ネット上の人間関係をお金に換えているようなものでしょ。自分のブログやツイートを見てくれる人をどっかの会社のサービスに登録させてお金をもらう。坂井くんはネットで広くて薄い人間関係と信頼関係を持ってるから、売ろうが壊れようがかまわないのかもしれないけど、あたしはそうじゃない。ネット上の友達だって百円で売る気にはならない」

どきりとした。正論かもしれないが、あまりにも攻撃的だ。

坂井の顔がみるみるうちに赤くなり、周囲の学生たちの間にざわめきが広がる。

「お前のために言ってやったのによ。なんだよ」

坂井は吐き捨てるように言って去って行った。

凪はその言い方に腹が立った。霧香も攻撃的だったが、もともと坂井が勝手に勧めてきた話だ。ひとこと文句を言ってやりたい。思わず腰を浮かすと、霧香に腕をつかまれた。

「ああいうのを相手にしちゃダメ。自分のしていることの意味がわかってない、かわいそうな人なんだから」

凪は座り直したが、気持ちは収まらない。

「っていう風に思っとくと、気分が少しは収まるでしょ。実際そうだと思うし」

霧香は続けると硬い表情を崩し、にっこり笑った。凪も少し落ち着き、笑みを返した。

図1

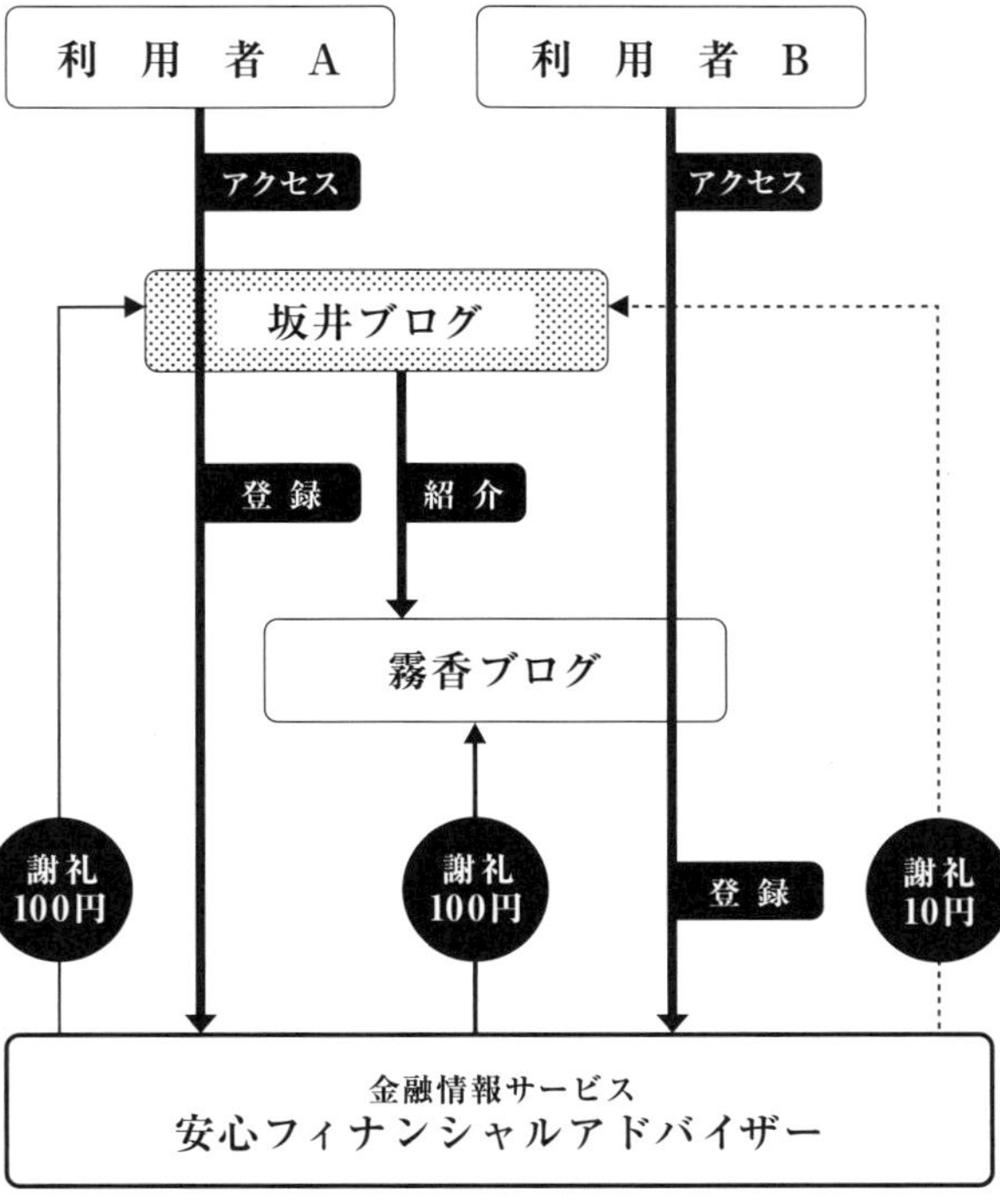

坂井が霧香を紹介すると、坂井は霧香のブログ経由で登録された分の謝礼も受け取ることができる。金額は坂井自身のブログ経由の場合の10分の1だが、たくさん紹介すればするだけ収入が増加する可能性が高まる。

その時、ちょうど教授が入ってきて講義が始まった。

西新宿。高層ビルの上層階を占める瀟洒《しょうしゃ》なホテル、パークハイアットのスイートルームに、凌は滞在していた。

壁のほとんどを占める巨大な窓の近くに立ち、不格好な都庁のビルをのぞむ。眼下には高層ビル群が広がっている。落ち着いた雰囲気の部屋の中央には大きなソファが鎮座し、その前にはノートパソコンを置いたローテーブルがある。

凌はリラックスしたガウン姿だ。片手には飲みかけのアイスワインをたたえたグラス。ポケットのスマホが震えた。凌はスマホを取り出すと、画面のメッセージを確認して笑みをもらす。

東京オリンピックを意識しているのか、取り締まりが厳しくなってきた。ダークウェブの商売もサイバー犯罪も一区切りつけようと思っていたからちょうどよかった。最後に稼いで姿を消す。しばらくのんびりとなにもしないで過ごそう。

凌は窓から離れるとソファに腰掛け、ローテーブルに細長いワイングラスを置く。問題は、加村の動きだった。間違いなく加村はなんらかの情報共有組織と関係を持っている。

サイバーセキュリティの世界ではいち早く情報を握ったものが有利な立場になる。先手を取られても、より早く気づくことができれば被害を最小限にとどめられる。そのため各国は、政府や防衛、警察機構と民間企業の間での情報共有組織をいくつか持っている。

中には情報共有にとどまらず、犯罪組織の動きを探るための調査や動向分析を行う組織もある。バイトしている時に加村の前職がなにかを訊きそびれたのは失敗だった。あの店でアルバイトをしている頃だったら、教えてくれたかもしれない。

あの喫茶店の貸し切り客は情報共有組織と関係があるに違いない。その情報を入手できれば、動きを予見して動くことができる。

ローテーブルに置いておいたノートパソコンを開き、最後の仕事の管理画面をチェックする。金融情報サービス〝安心フィナンシャルアドバイザー〟には、すでに十七万人ほどが登録しており、そのうちの二％の三千四百人ほどが実際に凌が作った投資組合に口座を開き、〝エマージングアジア〟というファンドに百億円以上を投資した。いや、正確に言えば、投資したつもりになっている。なぜなら、ファンドに実体はなく、振り込まれた金はただ貯めておかれるだけだからだ。運用して増やすことなど考えていない。タイミングを見て持ち逃げする。

笑いが止まらない。日本の銀行に多額の金を預けるのはリスキーだが、かといって安易に海外に口座を持つのは愚かだ。

もうちょっとほしい。もっと会員を増やし、投資額を増やす。そのために、日本の銀行が危ないと客を煽《あお》ってやろう。

凌は仲間に指示を出すことにした。

――新しいニュースを出してくれ。そうだな。R銀行の口座を狙ったマルウェアで数億円儲けた犯人が逮捕とかいいんじゃないか？　R銀行は日本人なら誰でも知っている大手銀行だ。そこの口座が狙われているとわかれば驚く者は多いだろう。

――R銀行ですか？　探してみます。

――見つかる？

――あそこはぬるいから、見つかると思いますよ。明日には事件化します。

――見つかりやすいんだ。じゃあ、二、三件やっちゃって。日本の銀行は危ないってイメージを広げよう。

被害者は多い方が派手でいい。

――一度にやるんですか？　危なくないですか？

――いいんだよ。これが最後の仕事なんだからさ。大量に放出して、日本の警察にお礼をしてあげよう。

――はい。いよいよ店じまいですか？

――うん。いつでも逃げられるように、他人名義のパスポートを用意しといた方がいい。今回は自分で手配してくれ。データとアカウントはいつでも消せるようにしておいてね。

――わかりました。

指示を終えると、ふたたびスマホが震えた。さきほどのメッセージに返事をしなかったから不安になったようだ。

――もうすぐ会議が始まります。

という最初のメッセージに続いて、

――いつも通りやります。そちらはいかがですか？

新しいメッセージが来ていた。返事がほしいのだろう。落ち着きがない。好奇心が強く、こちらの言うことをきいてくれるのはありがたいが、なにかあるとすぐに連絡をよこすのはやめてほしい。

うんざりしながらも凌はスマホを手に取り、返信のメッセージを綴った。

――連絡してくれてありがとう。また例の会合があるんだね。あそこの情報は、僕にとってとても大事だ。いつものようになにがあったか、教えてほしい。

――まかせてください。

すぐに返事が来た。凌は思わず頬をゆるめる。秘密の会議のつもりなんだろうが、こちらに筒抜けだ。加村は負けたも同然なのだ。

——信頼してる。がんばってくれ。

——ありがとうございます。

凌はスマホをテーブルに戻し、スパイの顔を思い浮かべる。

自分とかかわることなく暮らしていれば、平和でそこそこ幸福な人生を送れたはずだ。わざわざ騙され、捨てられる道を選ぶなんて理解できない。

凌にしてみれば自分のために人生が崩壊する人間が増えるのは、楽しくてたまらない。高校時代から詐欺や恐喝をしてきた。さわやかで真面目《まじめ》な優等生の仮面に隠れて、裏でさんざん悪さをした。やがて、自分を愛する者がどろ沼にはまり、堕ちてゆく姿に快感を覚えるようになっていった。だから、加村の店で耳にしたサイバー犯罪に魅了された。一度にたくさんの人間を破滅に追いやれると思うと胸が高鳴った。

聖人君子ぶって探偵ごっこをやっている加村も、一皮剝《む》けば昏い顔を持っているに違いないと思っていた。そうでなければダークサイドで生きていけない。だが、違った。あいつは本当に正義の味方になりたがっているバカなおやじだった。

そのことにも腹が立ったが、誘いを拒絶されたことには、もっと怒りを覚えた。

凌がまだ加村と仲が良かった頃のことだ。閉店後、片付けを終えてカウンターに腰掛け、一息入れていた加村に凌は話しかけた。

「ねえ。おもしろいでしょう？　ニセのサイトに個人情報を登録するバカな連中がたくさんいるんだ」

凌は自分が作った大手通販サイトを模したニセのウェブ＝フィッシングサイトのスマホの画面を加村に見せた。本物のサイトと勘違いしてＩＤとパスワードを入力した連中のアカウントをごっそり乗っ取ることもできるし、誰かに売り払うこともできる。間抜けを食い物にするのは楽しい。

「火遊びはやめた方がいい」

加村は苦い表情を浮かべた。ウソをつくなよ、と凌は言いそうになった。本当は自分だってやりたいはずだ。サイバー犯罪に魅せられたから、珈琲店を営みながら情報を集めているんじゃないのか。

「火遊び？　僕は遊びのつもりじゃないですよ」

加村の顔をじっと見つめ、カウンターに置かれた手に自分の指先で軽く触れた。普通の相手なら、ここで表情が変わり、期待に満ちた淫靡《いんび》な目つきになる。加村の目つきは変わったが、予想したものではなかった。

「遊びでないなら、よけいにやめておいた方がいい」

加村は凌の手を払うようにして立ち上がった。

「勘違いしているようだが、オレはサイバー犯罪をなくしたいと考えている男だ。あちら側に落ちるようなことはない」

確信に満ちた強い声だった。正直、ショックを受けた。こんな風に正面から拒絶されたことはない。

「自分を偽ってるだけじゃないの？」

「自分を偽っているのはお前の方だ。人を貶《おとし》め、苦しめても決して自分のためにはならない。自分自身と向き合って、本当の自分を取り戻すんだ」

感じたことのないほどの怒りが湧いてきた。えらそうに説教するな。なにがわかるっていうんだ。ほんとうは他人の金を騙し取りたい、目の前の男を抱きたいと思っているんだろう。そっちこそ、自分に正直になれ。

だが、加村はさらに説教を続けた。凌は最後まで聞くことなく、その場を立ち去った。

「地獄に落として、後悔させてやる」

と言い残して。とことんやってやろうと心が決まった。サイバー犯罪で大儲けして力を蓄え、加村をひどい目に遭わせてやる。

凌は残りのアイスワインを飲み干すと、部屋の隅に置いてあったボストンバッグから、掌《てのひら》サイズの四角い箱を数個取り出し、ノートパソコンにつないだ。箱のひとつひとつが小さなパソコンだ。

ノートパソコンから、複数の小さな四角いパソコンの操作を行う。ノートパソコンの画面には、マルウェアに感染したことを示す赤いアラートが何度も表示される。この小さなパソコンひとつひとつが囮《おとり》だ。サイバー空間で安全を保つ方法のひとつに、用途ごとに異なるパソコンや端末を使用するというものがある。ネットバンキングや金融取引を行うパソコンではメールは受信せず、ウェブも閲覧しない。頻繁に業務で使用するパソコンではメール受信やウェブ閲覧を行う代わりに、重要な取引や情報は扱わない。

凌の囮のパソコンもプライベート用、取引用と、それぞれ見せかけの内容を毎日更新している。知らずに中身を見れば騙される。

これらのパソコンが加村が送ってきたマルウェアに感染しているのはわかっている。好きなだけ、監視させ、情報を持って行かせてやる。

加村はこのパソコンを乗っ取って、こちらの動きをつかんでいるつもりだろう。でも、このゲームは加村のものじゃない。こっちのものだ。このパソコンは囮だ。

それぞれのパソコンにそれらしいメールや情報をわざと残し、間違った方向へ加村たちをミスリードした。あいつらはこちらを追い詰めているつもりで、罠にはまっているのだ。

「ざまあみろ」

白く冷たい凌の横顔に邪悪な笑みが浮かんだ。

凪は夕方まで霧香と一緒の講義をとっていたが、ブラックスノウの貸し切りのアルバイトが入ったので午後はサボることにした。今日は人数がいつもよりも多くなるかもしれないという。

「え？　なんで？　なにか事件？」

そのことを霧香にも伝えると勢い込んで質問してきたが、もちろん凪にそんなことはわからない。

「そんなことまでわからないよ」

苦笑して、そのまま次の講義に出る霧香と別れて店に向かう。

貸し切りは一時間後からだが、店の扉にはすでに貸し切りの札が出ている。扉を開けると、数人の客とマスターがいた。

「少年！　元気？」

一番奥の席にいた西村が声をあげた。カウンターの逆の隅にいた二人連れが、声につられてちらりと凪の顔を見る。凪はちょっと恥ずかしくなり、無言で軽く会釈する。

「お嬢さんがいないところを見ると今日はバイト？」

よく観察してるなと苦笑する。バイトをする時は、凪だけ先に来て、仕事が終わる頃に霧香がやってくる。バイト以外の時は、必ずといっていいほど一緒に来ている。

「ご明察」

なんと答えようか凪が躊躇していると、マスターが代わりに答えてくれた。

「ついでにもうひとつわかることがあるはずだ」

マスターの言葉に西村が首をひねるのを横目で見ながら、凪は着替えるためにカウンターの横の控え室に入る。

「あー、それってそろそろ店を出ろってことなのかな？」

控え室の凪の耳に西村の声が響く。

「わかりましたか？　まことに申し訳ありません。特に今日は人数が多いかもしれないんでね」

マスターが感心したような口調で答える。

「少年がひとりで来るってことはバイトでしょ。バイトってことはこれからが貸し切りってこと。それくらいは通ってればわかるようになる」

西村は少し自慢げに答え、凪は着替えながら、なるほどと納得する。

「その通り。二時間前には扉に、もうすぐ貸し切りになるという札を出しておいたので、その後に来たお客さまはわかっているはずだが、西村さんはその前からいたからね」

「はいはい。少年の制服姿を見たら帰りますよ。それにしても謎だなあ、なんの会合なんだろ？」

「西村さんの頭の中ではすごいことになっているらしいが、リラックスした雰囲気で仕事の打ち合わせをしているだけですよ」

マスターがそう答えた時、凪はカウンターに入った。

「これこれ。ほんとご馳走さまですって感じ」

西村は立ち上がりながら拝むように両手を合わせ、おおげさに身を乗り出して凪をじろじろ見る。いつものことだが、今日は特に視線が熱いような気がする。凪はどうしていいかわからず、マスターに目で助けを求める。

「西村さん、恥ずかしがってるからやめてあげてください」

苦笑混じりでマスターが声をかけると、西村はいったん座るものの、まだ落ち着かない様子だ。

「照れて赤くなるところも、うぶでいい」

にんまり笑う。

「そういうの、慣れていないんですよ」

凪が小さな声でつぶやくと、西村は勢いよく首を横に振る。

「ダメだよ。少年の美少年ぶりは、個性であり武器でもあるんだから、自覚を持って使わないともったいない」

「はあ。とてもそんな自覚ないんですけど」

「もったいない。ものすごい美人が髪の毛ぼさぼさでスウェット姿で出歩いてるのを見たら、身だしなみをちゃんとすればすごくきれいなのにもったいないって思うでしょ。それと同じ」

西村は、ここぞと力説するが、そこまで言われても凪は自信も自覚も持てない。整った顔だと言われたことはあるが、ここまで「美少年」よばわりされたことはない。

「あたし、ちょっと興奮しすぎかな？」

西村はマスターの方へ顔を向けた。

「そんな感じはしますね」

「そっか。すまん、少年。でも、それで女の子とつきあったことなかったなんて信じられないってか、日本の損失だよね」

この間、口を滑らせて女の子とほとんどつきあったことがないことを西村に話してしまって以来、よくネタにされる。失敗した。

「はあ……どうも」

なんと返していいのか、誰か教えてほしい。むきになって怒るほどのことではないけど、やはり楽しくはない。

「霧香ちゃんが最初の彼女なんだって？　なんかいろいろ独特すぎる」

「まあまあ。西村さん、それ以上は詮索しすぎです」

マスターが止めに入る。

「ああ、ごめん。つい、興奮しちゃった。申し訳ない。美少年を目に焼き付けたから、今日はこのへんで失礼するね」

西村は悪びれた様子もなく、席を立って会計を済ませる。

「そういえばこの間、閉店した後に霧香ちゃんがひとりでこの店に入るのを見たんだけど、なにかあったの?」

西村が財布をしまいながらマスターに訊ねた。霧香と聞いて凪は聞き耳を立てる。

「見間違いじゃないかな。閉店後に誰かが来るってのは滅多にない。もちろん霧香ちゃんが来たこともない」

「そっか。暗かったし、見間違いかもね。ごちそうさま」

西村はそれ以上突っ込まずに去って行った。その後しばらくして、残りの客も店を出た。

マスターは最後の客が扉の向こうに消えたのを確認すると両腕を軽く伸ばし、背伸びした。まるで運動の前のウォーミングアップみたいだ。

「オレは貸し切りのお客さんの珈琲の用意を始めるから、凪は後片付けを頼む」

凪はすぐにカウンターのカップを片付け、テーブルの上を拭く。それからカップを洗い出す。

その間にマスターは、豆を挽き始める。香ばしい珈琲の匂いが店に広がる。凪にもだんだん豆の違いがわかるようになってきた。今日の豆は、普段よりも酸味の強い豆のような気がする。

湯気が立ち始めた頃、

「こんにちは」

声とともに扉が開き、二人組が入ってきて、そのあと別の三人が連れだってやってきた。いずれも見たことのある貸し切りの客だ。

「いらっしゃいませ」

と凪が頭を下げ、お冷やをそれぞれの前に置く。

「いつもと同じでいいよな」

ひとりが他の客に声をかけると、他の客は無言でうなずいた。

「だと思って、用意しておいた」

マスターはドリップしながら笑う。

貸し切りの客の「いつもと同じ」とは、マスターにおまかせするという意味だ。この店の珈琲は一杯五百円から三千円までバリエーションに富んでいる。まかされたら思い切り高いものを淹れてしまいそうだが、見ているとマスターはだいたい千円前後の珈琲を選んでいるようだ。

「マスターには申し訳ないけど、オレたち豆の種類とか淹れ方ってわからないからさ」

「いや、オレは味わかるよ。豆の種類とかはわからないけどさ。ここのは美味しい。それは確かだ」

「ありがとう。お世辞でもそう言ってもらえるとうれしいね」

マスターはそう言いながら、淹れ終えたカップを凪に渡してゆく。凪はそれを順番に、カウンターの客の前に置いた。

中央の席が不自然に空いている。後から来る誰かのために空けてあるのだろうか？

「遅れてるのか？　まさか、忘れちゃいないだろうな」

ひとりがカップを持ち上げながら、顎で中央の席を指す。

「わからん。ここは通信暗室になってるから携帯が通じない」

通信暗室？　初めて聞く言葉だ。貸し切りの間、ここでは電波状態が悪くなることを言っているのだろうか？

「外に出て電話してくるか」

ひとりが腰を浮かした時、

「悪い。ちょっと連絡しなきゃならんとこがあってさ」

扉を勢いよく開け、太い声で言い訳しながらひとりの男が入ってきた。店内の客全員がそちらに顔を向ける。

筋肉質の長身に、人を威圧するいかつい顔に太い眉毛。まるで映画に出てくる強面《こわもて》の刑事やボディガードみたいだ。

「あんたが来なきゃ始まらない。どうなるかと思ったぜ」

立ち上がりかけていた客が、ほっとした表情で座り直す。

「すまん。ほんとにすまん」

男は開いた右手を上下に振りながら、客全員に軽く頭を下げる。それを受けて全員が苦笑する。見かけはごついが愛嬌のある憎めない人のようだ。店内の雰囲気が、さきほどまでのまったりしたものから、活気にあふれたものに変わった。

マスターを見ると、目を細めて口元をゆるめている。どうやら知り合いらしい。

「オレがここ？　遅れてきてど真ん中かよ」

空いている中央の席を指さし、確認するように周囲を見回す。

「お前の席だよ」

ひとりが笑いながら言うと、「おう」と応じて腰掛けた。

「さっさと話を始めてくれ。いよいよなんだろ？」

すぐに隣の席の客が話しかけた。

「まあな」

「ほんとですか？」

客たちが次々と話しかける。こんなことは初めてだ。ふだんはひとりの人間だけに注目が集まることはない。

「内山《うちやま》さんがいらっしゃるとは珍しい。ふだんは会議が終わってから報告を聞いてるだけなのに」

マスターはその男に話しかけた。凪が記憶している限り、マスターから貸し切りの客に話しかけたのは初めてだ。なにが起きているのだろう。

「野暮用ができてね。わかってるんだろ」

内山は大きな声でそう言うと、確認するように他の客の顔を見る。

「珈琲はティムティムでいいのかな？」

マスターは探るような顔で応える。

「あるのか？　頼む」

初めて聞く豆の名前だ。マスターは後ろの棚から豆を選ぶと、ていねいに挽き始める。

「ティムティムは、マンデリンの一種で、馬面というあだ名があるくらい長い豆だ」

凪の疑問を察したように、豆を挽きながらマスターが説明してくれる。確かにさきほど彼が手にした豆は普通のものよりも大きく見えた。

「加村はシチュエーションパズルが得意だったよな」

内山は豆を挽く音に負けないよう大きな声を出した。落ち着きなく、テーブルの上で手を動かしている。

「内山さん、はやる気持ちはわかるけど落ち着いて」

内山の隣の客が、笑いながら肩を叩く。

「落ち着く？　オレはもともとこういう性格なんだよ。どんな時でも黙ってじっとなんかしてらんない。お前ら、落ち着きすぎだろ」

さらに貧乏ゆすりも始める。霧香も落ち着きがないが、この人はそれ以上だ。

「加村は得意だよな？　シチュエーションパズル」

内山はさきほどの質問を繰り返す。

「まあな」

「おい。ここではマスターと呼ぶ約束だろ」

他の客が、突っ込みを入れた。

「オレはどっちでもいい」

マスターが苦笑し、挽いた粉をネルに移す。ふわりと芳醇な甘い香りがした。

「じゃあ、呼び慣れた方でいく。加村、このパズルが解けるか？　あるネット犯罪集団が、正体を隠して金融情報サービスを始めた。かなり充実した最新のニュースをいち早く届ける。特にセキュリティ情報がすごい。ネットバンキングを狙ったマルウェアなんかをニュースにするんだ。アンチウイルスソフトベンダよりも情報が早いこともあるくらいだ。そのうえ、正確だ。情報サービスの会員募集では、アフィリエイトでの会員募集も積極的に進めていて、あっという間に会員は十数万人にふくれあがった。しかし、この連中の狙いがサービスそのものではないことは自明だ。なんせ、犯罪集団だからな。じゃあ、本当の狙いはなんだ？」

凪は頭の中で、内山の話した内容を反芻《はんすう》してみる。自分にはわからないと思うが、それでもいちおう考えてみたい。

マスターは顎を手でかるくさすり、しばし黙って考えた。

「ここでオレに質問するってことは、そのサービスがネット犯罪がらみだと、みなさんが考えているということだ。いわゆる自爆系サービスだな」

「なんだ？　その自爆系ってのは？」

「騙して個人情報を盗むのではなく、利用者自身が喜んで個人情報を提供するように仕向けるサービスのことだ。フェイスブックやツイッターが代表的だが、今回のようなメールマガジンや一部の悪意あるアプリもその範疇《はんちゅう》に入る。ＳＮＳが普及する前は、ネットのサービスに個人情報を登録するのは危険とか、登録するにしても必要最小限にしようとか言われていたんだが、フェイスブックやツイッターはどんどん個人情報を公開して共有しようというサービスだから状況は完全に逆転した。その金融情報サービスも登録する時に、メールアドレスだけでなく簡単な個人情報を入力させるんだろう」

「確かに個人情報を登録させてる。今は自爆系サービス大盛況ってわけだ。で、あいつらなにを企《たくら》んでるんだと思う？」

内山がマスターに人差し指を突き出す。「あいつら」という言葉を耳にした時、これは架空の話ではなくて、実際に起きていることだと感じた。これから起こるかもしれない事件を防ぐために、この人たちはここに集まってきている。

「そのサービスはセキュリティ情報だけを提供しているわけではないだろ？」

マスターはパズルのパーツをひとつずつ組み合わせるように、注意深く質問を続ける。

「もちろん、安全な投資先情報もある。そもそも金融情報サービスだからな」

「特定の投資先を特に強く推しているだろう？」

「そうだ。ある投資組合のファンドへの投資を折に触れて紹介している。〝エマージングアジア〟ってヤツだ。正直、利回りが特にいいわけではないんだが、〝安全〟で確実という点を強調している」

内山が目配せすると、隣の男がタブレットを取り出し、金融情報サービスから来たメールを表示して見せた。

凪は横からのぞき込んで、ぎょっとした。坂井がアフィリエイトプログラムに参加しているサービスだ。こんな身近なところで犯罪が起きていたのか……。

金融情報サービス　安心フィナンシャルアドバイザー
最新の国際金融情報をお伝えします！
今週の目次
・ＩＭＦの気になる動き
・主要通貨の為替レート予想
・現在の主要通貨の金利
・Ｒ銀行の口座を狙う新種の攻撃！　犯人が逮捕！　口座保有者は注意を！
・安全安心な海外投資先の探し方

「見ろよ。〝Ｒ銀行の口座を狙う新種の攻撃〟って記事は、世界中のどこよりも早くスクープしてやがる。それから、〝安全安心な海外投資先〟というところで、お勧めの投資先を紹介しているわけだ。信頼できるサイバーセキュリティ情報を流して、安全な投資先を紹介するのは道理にかなっている。うまいやり方だ（図２）」

「結論を言うと、彼らは詐欺集団だろう。目的は客の金だ。オレに訊きたかったのは、そいつらの目的だけか？　それだけでもなさそうだが」

白い湯気がマスターの顔にかかる。視線はドリップする手元に注がれたままだ。

「くそっ！　やっぱり詐欺か！　他にも訊きたいことはある。どうやれば、そんなサービスができるのかも知りたい。アンチウイルスソフトベンダよりも早く情報を察知できるなんておかしいだろ。アンチウイルスソフトベンダは、二十四時間三百六十五日体制で情報を収集して解析してるんだぞ。ネット犯罪集団ごときに、それ以上のことができるとは思えない」

アンチウイルスソフトベンダの話は、マスターに聞いたことがある。最新のマルウェアに対応するために、世界を網羅した解析ネットワークを構築している。世界を三つに区分して、それぞれの地区にラボを設置し、常にどこかのラボが昼間の勤務時間になるようにしている会社もあるという。

アンチウイルスソフトベンダは、独自にマルウェアを発見するだけでなく、利用者の端末にインストールされているアンチウイルスソフトから怪しいファイルを集めて解析している。凪もパソコンでメールを受信した際に、怪しいファイルを発見したからセンターに送ってよいか、確認されたことがある。はい、をクリックすると稼働中のラボに送られて解析されるのだろう。

内山の言うように、そこまでの体制を持ったアンチウイルスソフトベンダが発見できないものを、専業でない会社が発見できるのは不自然だ。

「いや、簡単だ。自分たちで事件を起こして、その情報を載せればいい。どこよりも早く、どこよりも詳しい情報を載せられる」

マスターはいとも簡単に答えた。

目から鱗《うろこ》だった。そんなことが現実に可能なのだろうか？


北欧エストニアの首都タリン。絵画のように美しい町並みの中の古いアパートの一室でひげだらけの顔の男が、大型モニターをにらみながらキーボードを叩いていた。コットンのカーディガンを羽織っただらしない姿で、ぼさぼさの髪をかきあげ、あくびをかみ殺している。

彼こそがさきほど、凌から指示を受けていた男だ。日本から遠く離れたこの地で、〝安心フィナンシャルアドバイザー〟の記事のための「事件」を生み出そうとしている。

「R銀行の口座を狙うマルウェアね」

そうつぶやきながらマウスをクリックすると、画面いっぱいに一覧表が表示された。ずらりと個人名やメールアドレス、活動内容などが並ぶ。凌の主宰するダークウェブ

図2

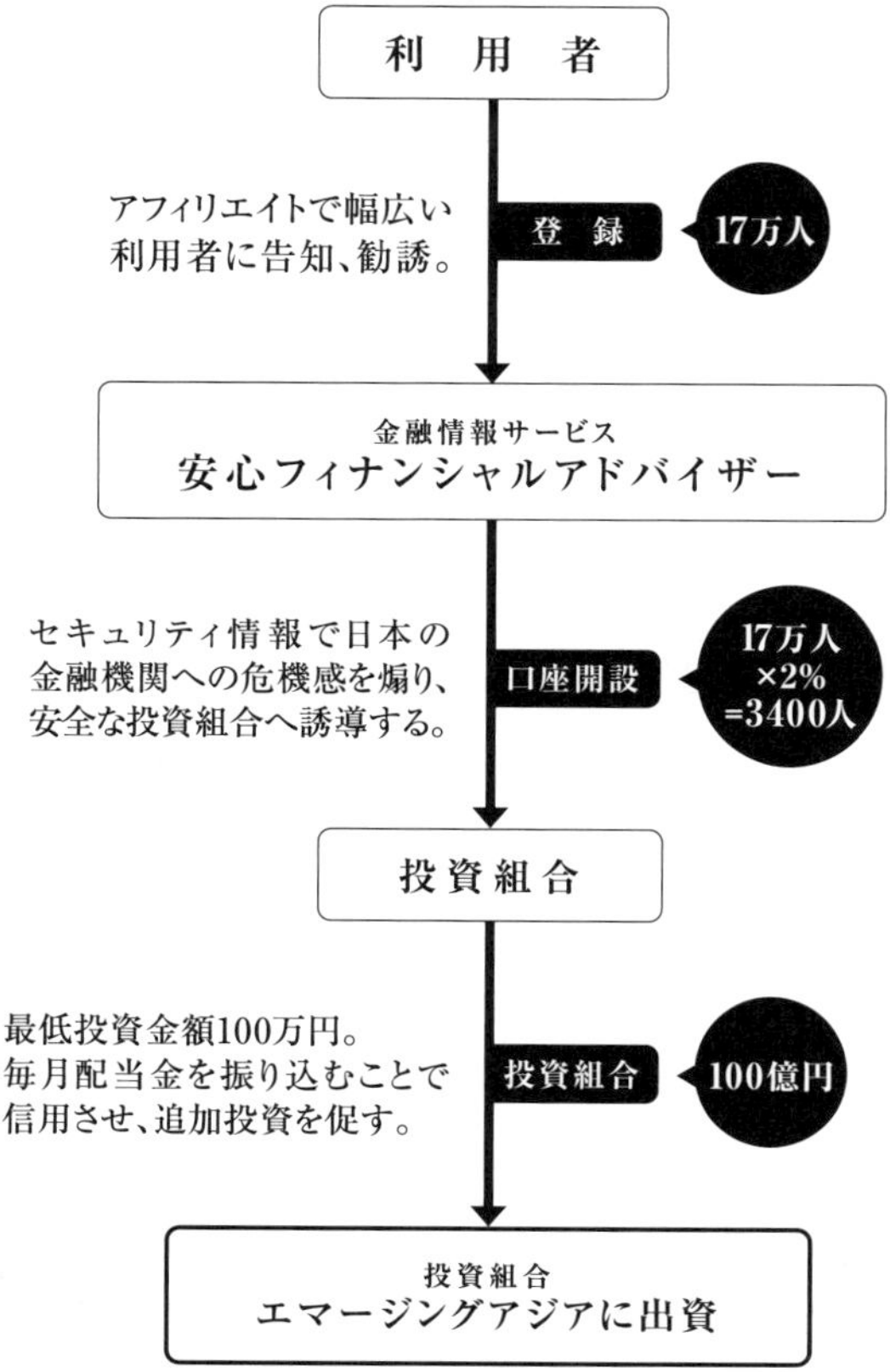

利用者
アフィリエイトで幅広い利用者に告知、勧誘。
登録
17万人
金融情報サービス
安心フィナンシャルアドバイザー
セキュリティ情報で日本の金融機関への危機感を煽り、安全な投資組合へ誘導する。
口座開設
17万人
×2%
=3400人
投資組合
最低投資金額100万円。
毎月配当金を振り込むことで信用させ、追加投資を促す。
投資組合
100億円
投資組合
エマージングアジアに出資

〝ヘルレイズ〟で販売したマルウェアの利用者のデータベースは、単に連絡先を網羅しているだけではない。マルウェアに仕込んでおいた監視機能で、利用者がどのような犯罪行為を行っているかも把握し、データベースに盛り込んでいる。ターゲットや被害金額、あるいは犯行日時も検索できるようになっている。

「多すぎだろ」

男は笑いながら、そう言うと表を上から下まで目でなめる。

「被害者が多い方がいいよな」

感染数をクリックすると、一覧は感染者数の多い順に並ぶ。全くもって現実味がない。このひとりひとりが、ダークウェブ〝ヘルレイズ〟でマルウェア開発キットを手に入れたサイバー犯罪者なのだ。上位の者はすでに数万人にマルウェアを感染させ、億単位の利益を得ている。

「この三人なら、凌さんも文句言わないよな。かわいそうに、もうすぐシャバとお別れだ」

ひとりずつクリックしてチェックマークをつけるが、三人目をクリックしようとして手を止めた。

「こいつはまずい。腕利きだ。怒らせると後が怖い」

「腕利き？　そんなのがうちのマルウェア開発キットを買うの？」

向かいの席で仕事をしている女が、ディスプレイ越しに話しかけてきた。この事務所を一緒に切り盛りしている相棒だ。髪を金色に染めた日本人の女。一年以上、ここで仕事をしているが、プライベートのつきあいは、ほとんどない。

「そういう物好きも、たまにいるから注意しないといけない。腕利きだとオレが通報しても逃げられる可能性があるし、そしたら間違いなくその後に復讐される」

男はそう言うと、三番目をスキップして四番目をチェックした。これでニュースにするための犠牲者は決まった。

「腕利きねえ。そいつもダークウェブを運営してる同業者だったりして。こっちの様子をうかがうために試しに買ってるとか」

「他の業者のサービス内容をチェックしてるってのか？　ない話じゃないかもな。それならますますヤバイ。オレたちがやってることに気づかれたら面倒だ」

その時、女のパソコンから音楽が鳴り出した。どこからか着信があったのだ。女はあわてて、ヘッドセットをかぶる。

「〝ヘルレイズ〟カスタマーサポートです。なにかお困りでしょうか？」

さきほどより一オクターブ高い声で女が応じる。通話を受けると同時に、相手のプロフィールや購入履歴、犯罪歴がモニターに表示される。

「はい。マルウェアのカスタマイズ方法についてのお問い合わせですね。お待ちください」

女と客との会話を聞きながら、男は三人の客の情報と犯罪の内容をメールにまとめ、メールマガジン編集部と、凌に送る。凌の確認をもらったら、そのまま当局に通報し、犯人を逮捕してもらう。

「よろしければ、こちらからセキュリティ確認のためのツールをお送りしますのでインストールしていただけますでしょうか？　口頭でなく直接そちらの画面をこちらで確認できるようになります」

女の説明を聞いて男は吹き出しそうになった。何度聞いても、おかしい。女は客に監視ツールをインストールしろと言っている。パソコンの中身もメールも全部こちらにわかるようになる危険なツールだ。それなのに多くの客は、あまり考えもせず言われるままにインストールしてしまう。それがおかしくて、たまらない。

駆け出しのサイバー犯罪初心者は、自らが攻撃対象になる可能性を考えない。狩りをするには格好の獲物だ。

〝安心フィナンシャルアドバイザー〟のニュースは自作自演の可能性があるというマスターの指摘に、内山は首を横に振った。

「自作自演の可能性はすでに考えた。ほとんどの事件で犯人は逮捕されている。いくらなんでも記事一本のために仲間を犠牲にすることはないだろう。そんなことを何度もしていたら、すぐにメンバーが全員逮捕されちまう」

珈琲をドリップするマスターの手が一瞬止まった。

「逮捕されてるのか……それは意外だ。その手の事件で犯人が逮捕される確率はそんなに高くないはずだが」

「日本の警察が捕まえられるのは、子供と間抜けだけ」という言葉は凪も何度か耳にしたことがある。高度なサイバー犯罪に対して日本の警察は無力だと揶揄《やゆ》しているのだ。

囮捜査や潜入捜査のできない日本の警察が打てる手は限られているのに、サイバー犯罪者は法律を無視してもっとも有効な手を打ってくる。最初からハンデがありすぎる。

そして一番やっかいなのは相手が海外にいることが少なくないことだ。

日本よりはずっと進んだ体制を整えているアメリカやヨーロッパでも逮捕できるのは氷山の一角に過ぎないという。

「その通り。その点も異例だ。念のために言っておくが、その連中がＦＢＩや法執行機関から情報をもらっていないこともわかっている。まあ、そもそも犯罪者なんだから、法執行機関と手を組むことは少ないんだけどな」

内山は、わからないという風に大きなため息をつく。

「逮捕された犯人たちのパソコンが遠隔操作されていて、罪を着せられただけという可能性は？」

「それも考えた。だが、全部とはいえないが、ほとんどのケースで冤罪《えんざい》の可能性を視野に入れた調査と分析を行っているから、遠隔操作の可能性は低い」

「そうなると、可能性はひとつに絞られる」

答えがわかったかのような言葉に、凪は目を見開いた。他の客も同様にマスターを凝視する。

「おい！　ちょっと待て！　早すぎるだろ。ほんとにわかったのか？　適当なこと言ってんじゃないだろうな。オレがどれだけ、この問題を考えたと思うんだ？　ああん？」

内山が腰を浮かす。マスターの胸ぐらをつかみそうな勢いだ。隣の客があわてて、

「まあまあ、落ち着いて」と背中を叩いて座らせた。

「ほんとにお前は変わらないな。ずっと熱い正義の味方でいられるなんて、うらやましいよ」

マスターがそう言って口角を上げ、他の客がつられて笑った。

「ん？　なんのことだ？　オレが変わらないって？　なんで、みんな、にやにやしてる

んだ？」

　本人は自覚がないらしい。凪は初対面だが、今までのやりとりで、内山という人物のおおよその性格がわかったような気がした。表裏のない正義漢で、憎めない。

「お前の話はおいとこう。その金融情報サービス〝安心フィナンシャルアドバイザー〟の件だが、もしオレの考えた通りだとすると、これはかなり大がかりな作戦だ」

「その点はオレも同意見だ。しかも緊急度も高い。だから今日来たんだ」

　内山はうなずき、同意を求めるように周囲を見回す。周囲の客もうなずき、マスターを見る。

　静まりかえった空間で全員に注視されながらも、マスターはかすかに湯気の立つ珈琲カップを内山の前に置く。

「おまたせしました」

「おいおい、もったいぶるな。ああ、珈琲ありがとう。でも、珈琲より問題の答えを教えてくれ」

「まあ、一口飲んで落ち着いてくれ」

　マスターに言われて、内山はカップに口をつける。とたんに顔が少しゆるみ、穏やかになる。あの珈琲を飲んでみたいと凪は思う。

　内山がカップをソーサーに戻したのを見て、マスターは口を開いた。

「もったいぶってるわけじゃない。ただ、確認のため、いくつか質問させてほしい。イエス、ノーで答えてくれればいい」

「シチュエーションパズルは、イエス、ノーで答えられる質問しかしちゃいけないってルールだったな。別にそんなことにこだわらなくていいんだぜ。問題を解いてくれれば、それでいい」

「せっかくだから、パズルのルールを守ろう」

「わかった。わかったから、早く質問してくれ」

「仕掛けている犯罪集団は以前から存在している。イエス・オア・ノー?」

「イエス」

「そいつらはダークウェブを主宰して、ヤバイものを売りさばいている」

「イエス」

「そのダークウェブは規模が大きい」

「大きいの基準が難しいが、オレたちが把握している範囲では大手だ」

「なるほど、やはり間違いない。このサービスは最近アフィリエイトで登録者を獲得している。高率のキックバックでかなり人気だ。なるほどな。ここがそうだったのか、予想した通りだ」

「なぜ、わかる。答えを教えろ!　でなきゃ納得できん」

内山が怒鳴った。凪も同感だ。内山はシチュエーションパズルと言って出題したから、自分もマスターと同じ情報を聞いたはずだが、なにも頭に浮かんでこない。

「その前に最後の質問をさせてほしい。あいつが関係しているのか？」

「あいつ」とはこの間店に来た青年、凌のことだと直感した。

「そうでなけりゃ、お前に訊かない。その通りだ」

マスターは一瞬、目を伏せ、ため息をつき、それから口を開いた。

「わかった。教えよう」


パークハイアットのスイートルーム。凌がサンペレグリノを飲んでいると振動とともにスマホにメッセージが表示された。

「事件発生。いや露見か。警視庁サイバー犯罪対策課の出動だな」

独り言をつぶやくと、ノートパソコンでメールをチェックする。そこには、発見した三件のサイバー犯罪に関する詳細が綴られていた。

――短時間でよく調べてくれた。ありがとう。

凌がメッセージを送ると、すぐに返事が返ってきた。

――簡単でしたよ。まず警視庁サイバー犯罪対策課と関係機関に証拠と被害者のリストを匿名で送って、ネットニュース数社にも同じものを送ればいいですね。

——そうそう。送ってから三十分後に僕らのメールマガジンを発行しよう。「日本の銀行を狙った新たなサイバー犯罪！　被害者多数！」とか派手な見出しつけてくれ。

凌はこらえきれなくなって、くすくす笑い出した。

サイバー事件は作られるものであって、発見されるものではない。巧妙に仕組まれたサイバー犯罪を見つけることは難しく、しかも犯罪を見つけても犯人にたどりつけることは稀だ。犯人が見つからない以上、全体像はわからずじまいになる。

昔は犯罪に使われたマルウェアを解析して、犯人像を絞り込んでいった。たとえば、同じ開発ツールでも国や地域によって、じゃっかん内容が異なる。単純に言語が違うこともあるし、ライセンス関係のこともある。そこから地域を絞り込むことができる。また、開発したコードの中のコメントの言語から開発者が使っている言語を特定できる。

だが、そういう単純な時代は終わった。今のマルウェアは、わざとコードを解析しにくくし、コメントに自分の国以外で使われていない言語を使ったり、場合によっては意味不明の内容を長々とつける。難読化という手法だ。

開発ツールも違う国のものをわざわざ入手して使う。そして、関係ない人物や組織に疑いが向くような痕跡をわざと残す。誤読化と呼ばれるトリックだ。

ここまでされたら犯人を特定し、捕まえるのは至難の業だ。しかも多くの場合、犯人は海外にいる。幾重にも困難が積み重なる。サイバー犯罪は、〝やったもん勝ち〟になりつつある。

しかも、サイバー犯罪に通じていた方が自分が被害者にならないための知識も身につく。一挙両得だ。

やったもん勝ちとわかっているから知恵のある個人は犯罪に走り、国家はサイバー諜報作戦を始めている。数が増え、規模が大きくなればなるほど、重要な情報やシステムを守るのは困難になる。悪循環は加速する。そこにサイバーセキュリティ専門家や自分が、新しいサイバー犯罪を暴いてみせる。警察に検証なんかできない。できるなら、先に犯罪を阻止している。

サイバー犯罪を暴露するのもやったもん勝ちだ。自分の場合は、反駁《はんばく》しようもない証拠までそろえられるのだから誰も文句は言えない。神にでもなった気分だ。

——警察および関係機関とニュース媒体への連絡終わりました。今回はこれで終わりですか？

メッセージが来たので、凌は笑うのをやめる。

——ごくろうさん。そろそろ仕上げにかかる。みんなにも身辺整理しておくように連絡しておいてね。

——了解。

胸が高鳴ってきた。あの名前も聞いたことのないヨーロッパの銀行に百億円以上も送金したバカどもがいる。その金をまるごといただく。山分けしても充分な儲けだ。すでにマネーロンダリングする方法も決まっている。あとは、金を奪い取り、分配し、姿を消すだけだ。

金を失って悲嘆にくれる連中の顔が目に浮かぶ。ざまあみろ。自分たちだけ、いい思いをしようとするからだ。悪いことをするなら、狡賢《ずるがしこ》く立ち回らなければ足下をすくわれるだけだ。いい勉強になるだろう。もっとも勉強を生かすチャンスはもうないかもしれないけど。

愉快でたまらない。凌は鼻歌を歌いながら、部屋の中を優雅に踊った。自分のサービスを信頼した客どもを地獄に叩き落とす興奮と悦楽に酔っていた。後は加村を叩きのめし、這《は》いつくばらせて後悔させるだけだ。

凌は窓のカーテンを引き、夕焼けに燃える副都心を見下ろした。

内山を始めとする店の客全員にじっと見つめられ、マスターは苦笑いした。

「そんなに注目しないでくれ。簡単な話だ。やはり自作自演としか思えない。いや、自分たちで犯行に及ぶわけじゃないから自作自演とはちょっと違うな。その犯罪集団は、自分たちのダークウェブの顧客を監視していたんだろう。監視する方法はいくらでもある。販売しているマルウェアや開発キットに秘密の監視機能をつけてもいいし、メールのやりとりやページへのアクセスの際に監視ツールをこっそりインストールさせてもいい。そして客が目立った犯罪を行ったり、逮捕されたりしたら、その情報を記事にする。当局に匿名で情報提供して逮捕させていた可能性も高い。そうでなきゃ検挙率の高さが説明できない（図３）」

犯罪者が犯罪者を監視して、しかもわざと逮捕させる？　そんなことがありうるんだろうか？

「なんだって？　ダークウェブで顧客を監視する？　そんなことがばれたら、ダークウェブは崩壊するだろ」

内山が大声をあげた。

「そんなに驚く話じゃない。ＦＢＩ自身がダークウェブを主宰して囮捜査を仕掛けたこ とだってある。同じことを犯罪集団がやってもおかしくないだろう」

「そんなことしたら商売ができなくなるだろ」

「その通りだ。おそらく連中は最近の取り締まり強化の状況を見て、ダークウェブの商売を終わりにしようと考え、最後に顧客を利用して荒稼ぎしようとしてるんだろう」

「じゃあ、この情報サービスで紹介している投資先の〝エマージングアジア〟は……」

「さっきも言った通り、詐欺だ。金を集めたら持って逃げる」

「あいつら、今に見てろよ」

内山が忌々《いまいま》しげに拳を強く握る。

「ヤバイなあ。知り合いにそこに投資してるヤツいるんですよ」

奥の席の男が裏返った声を出した。

「なんで止めないんだ⁉」

内山が怒鳴ると、相手はあわてて手を振った。

「もちろん止めましたよ。でも、試しにやってみたいって言って聞かなくて。日本の銀行はもう信用できないから、どっちにしろ危ないのは同じだって言ってました」

「いくら突っ込んだんだ？」

「最低が百万円なんです。確か二百万円か、三百万円くらいだったような……そうだ。最初は百万円だけだったんですけど、毎月ちゃんと配当金が振り込まれるので信用しちゃったみたいです」

「なんてこった。どうせ、ポンジ・スキームだろ」

内山が嘆息する。ポンジ・スキームとは金融詐欺の常套手段で、資金を運用して配当金を払うのではなく、他の投資者が振り込んできた投資用の金を配当金として支払う仕掛けだ。当然、いつか必ず崩壊する。その前に金を持ち逃げするのだ。

図3

様々な方法で利用者の
サイバー犯罪を監視、データベース化

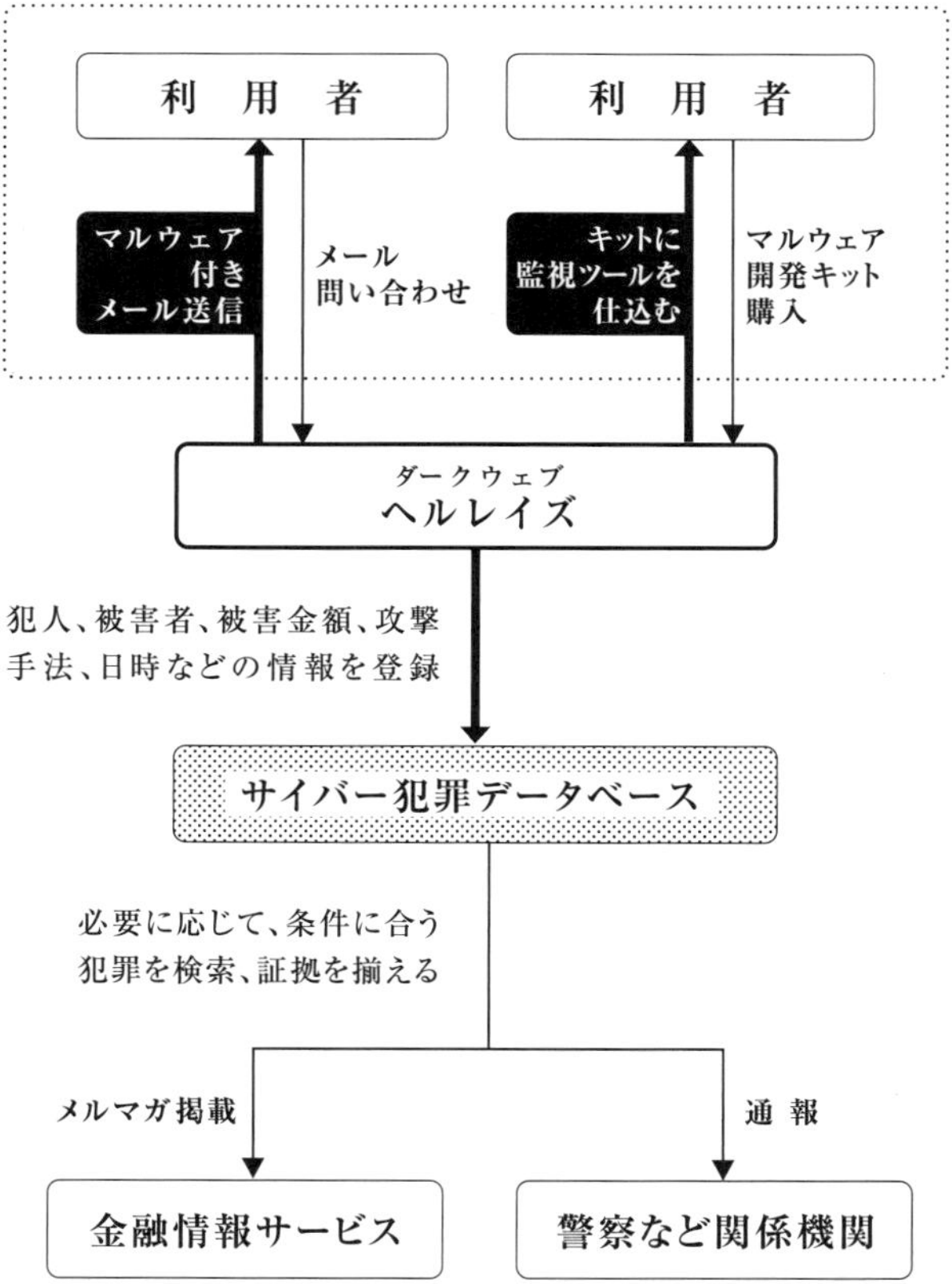

「これはあくまでオレの推測だが……」

マスターはそう前置きして話を続けた。

「凌はサイバー犯罪の世界でじょじょに大規模な作戦にかかわるようになっていった。そこで作った人脈を元に自分でダークウェブ〝ヘルレイズ〟を開設して、ドラッグやマルウェアを始めとする危険な商品の売買を仲介しはじめた。もちろん、それだけでなく自分たちで開発したマルウェア関連のツールも売り出した。サポート付きでな」

だんだん話の内容が、具体的になってくる。凪も緊張してきた。

「サポート付きだと必然的に客の連絡先がわかるな」

「その通り。内山もだいぶ学んだな。この手の商品だと、事前の内容確認や事後のサポートで店側と連絡を取り合うことも少なくないし、そもそもマルウェア関連ツールやなにかをインストールさせたら、情報を盗めるし、監視もできる」

「オレだって、それくらいはわかるわい。それにしてもひどい話だ。ダークウェブの主宰者になったら、客は自分のコマってわけか」

「その通り。たっぷり儲けたら商売をたたむ前に、客を使って儲ける方法をいろいろ考えて、より小金持ちの素人を騙して巻き上げることを思いついた。そっちの方が手間がかからない。あいつらにとっては、客は金と交換できる便利な道具に過ぎない」

「だが、客を逮捕させたら恨まれて報復されるんじゃないのか？」

「もちろん、その危険はある。だから報復されても怖くない相手を選んでいるんだろう。実力がないとか、チームに所属していないといった相手だ。それにあの世界では、なにもしていなくても攻撃される。もともと報復を恐れる意味はあまりない」

「なるほどな」

「おさらいすると、自分の客の犯罪を情報源にすることで他には真似《まね》できない迅速で信《しん》憑性《ぴょうせい》の高い金融情報サービスを提供し、読者を増やす。その読者に対して、自分たちで作った〝エマージングアジア〟への投資を勧誘する。そして、充分金が集まった時点で姿をくらます。単純な仕掛けだ」

「オレにも理解できるくらいわかりやすいが、それを証明するのは大変だ」

内山が頭をかきながらつぶやく。

「投資話がでたらめというのは調べればわかるだろう」

マスターがそう言うと、内山が手を挙げてそれを遮った。

「いや、それが難しいんだ。あくまでその投資組合〝エマージングアジア〟が合法的に登記され、合法の範囲で募集活動を行っていればということなんだが、ここまで準備している以上、ぬかりなく合法の範囲でやっているだろう。最後に金を持って逃げるところ以外は、まっとうってことだ」

「そうなのか？　しかしまともな投資活動は行っていないと思うが」

「そのまま資金を寝かせておいてもいいし、適当に投資してもいい。いずれにしても、明らかに問題のある投資を行っていない限り、違法行為とは見なせない。問題があるってのは、インサイダー情報を使っていたとか、投資先から賄賂《わいろ》をもらっていたとか、そういうことだ」

「殺人と詐欺はもっとも立件が難しいと言われてますからね。しかも、〝エマージングアジア〟は海外にありますから日本からは直接手を出せない。日本国内の募集行為を摘発することは可能ですが、あくまで記事として処理しているので微妙です」

奥の席の客がつぶやいた。

「なるほどな。道理で堂々と会員募集をしているわけだ。募集段階で摘発される可能性がないことは確認済みだろう」

マスターがうなずく。

「凌が金を持って逃げれば完全に犯罪だが、それまで待ってるわけにはいかない。他になにか使える手はないか?」

「客を監視していたというのは、どこかにログがあれば確認できる。不正アクセス禁止法に抵触しているかもしれないが、正直なところ、公判を維持できるだけの材料がそろうかどうかはわからない」

凪は驚いた。ここまでわかっていても、なにもできない。どこまで凌は狡猾《こうかつ》なのだろう。

「八方ふさがりかよ」

「まあな。裏で政治家を使って圧力でもかけなければ有罪まで持っていくのは難しいだろう。客の監視もフォレンジック（電子鑑識）で確たる証拠が見つからない可能性の方が高い」

「お前だったら、どうする？」

内山が身を乗り出した。

「そうだな……。オレだったら客にこの情報をリークして騒ぎを起こさせる。中には凌のダークウェブに侵入して内部情報を公開するヤツも出てくるだろう。凌たちが恐れて手を出さなかった怖い客が牙を剝くように仕向けるのさ」

「暴走しかねないぞ。下手《へた》すると、凌が殺される。文字通りの意味でな」

「あいつは利口だ。その危険を察知したら、警察に自首するだろう。それが一番安全だからな。そうなれば立件できる」

「ならいいんだが、一歩間違うと客と凌が共倒れして、生き残った誰かが金を持って高飛びするっていう最悪の結果になる」

「そこをうまく回避するのが、内山さんの腕前だ」

「嫌なこと言うヤツだ。オレにできると思うのか？　金は海の向こうだぜ。そもそも今の話は違法だろ。オレたちにそんなことができると思うか？」

「リークはオレがやる。最初からそのつもりだ」

マスターがそう言うと、店の中が静まりかえり、凪も身体が強ばる。マスターは自分の手で、凌を追い込もうとしている。ダークサイドに堕ちた彼を助けるためなのか、それとも憎しみのためなのか。おそらく前者だろう。助けて更生させるつもりだ。でも、世の中には更生できない人だっている。ここまで闇の世界にのめり込んだ凌が、戻ってこられるとは思えない。

「お前なあ……」

ややあって内山は口を開いたが、すぐに言葉を飲み込む。

「本気なんだな？」

「本気だ。そう思うから説明した。うまく解決すれば凌もやり直せるかもしれない」

「更生か……社会復帰できるかどうかは本人と周囲の協力次第だからな」

「わかってる。オレがなんとかする。あいつがああなったのは、オレの責任なんだ」

マスターがうつむき、凪も胸が苦しくなる。

「そんなこたあ、どうでもいいんだよ。悪いことをすれば報いを受ける。それ以外に考えることはない。お前はいつも考えすぎるんだ」

内山がわざとらしい大声を出した。「そうだろ？　お前らもそう思うだろ？」と他の客の顔を見る。だが、他の客はあいまいな表情で答えない。

「そう思えれば苦労はしない」

マスターが絞り出すような声で答える。

「その深刻そうな顔をやめろ。これから一世一代の勝負が始まるんだぞ。最初から負けそうな雰囲気になるじゃないか」

「まあまあ、そこがマスターのいいところでもあるんだからさ」

他の客が、内山の肩を叩く。

「そういうなれ合いは好きじゃないんだよ」

内山は顔をしかめ、立ち上がった。

「行くのか？」

マスターが、はっとした表情を見せる。

「用事は済んだだろ」

「待て。もう少し聞いてからにしろ。お前はいつもそれだ」

「それってなんだ？」

「早とちりが多い」

周囲がどっと笑い、内山の頬が赤くなった。

「みんなそう思ってんのか？　悪かったよ。わかったよ」

内山は座り直す。

「どんな情報を誰にリークするか、それによってなにが起きるか、いろんなパターンを想定しておかなければいけないし、事前の情報収集も不可欠だ。それなりに時間も手間もかかる」

「まあ、そうだろうな」

内山は居心地悪そうに尻をもぞもぞさせた。

「ここだけの話だが、オレと凌はこの数年間互いを監視し、標的型攻撃や水飲み場型攻撃を仕掛け合っていた。その結果、双方が双方を乗っ取った状態になっている」

「はあん？　なんだそりゃ？」

「オレは凌が個人で使っているパソコン数台とサーバーを乗っ取り、凌もオレのパソコン数台を乗っ取った、ということだ。もっとも凌が乗っ取ったパソコンの本体はあれだがな」

マスターはそう言うと、店の奥にある唯一のテーブル席の上に置かれた黒い箱を指さす。凪が初めてこの店に来た時から置いてある謎の箱だ。

「あれがパソコン？」

「内山さん、しっかりしてくださいよ。あそこに何枚も挿さってるプレートの一枚それぞれがひとつのコンピュータ、パソコンなんですよ。あの黒い箱で数台のパソコンのふりをしてるんでしょう。囮にしてるんですよ」

「おっしゃる通り。正確には六台のパソコンのふりをしていて、中身は実際にオレが使っているメールやウェブのデータから盗まれても問題ないものをコピーしている。凌はまだ騙されていることに気がついていないはずだ」

「なぜわかる？」

「毎日、あのパソコンを念入りにチェックしているし、凌のパソコンを見ている限りでは、オレのパソコンの情報を真に受けて反応している」

「向こうの方が上手で、加村が見ているのも凌の用意した囮だったら？」

「可能性はないとは言えない。核心に触れるような情報や個人的なメール、ＳＮＳの情報は見つかっていないってことも気になる」

「守りが堅いってことか？」

「守りが堅いというよりも、どこにあるかわからない。オレが乗っ取ったパソコンやサーバーの中にないのは確実だ。だから、それ以外に重要な情報を扱うための専用パソコンがあるんだろう。その場所がわからない」

「お前ら、いったい何台パソコンを使ってるんだ？」

「オレは……詳しい数字は言いたくないが、五台以上を用途と場所で使い分けている。凌はもっと多いだろう」

「五台以上？　よくそんなに使い分けられるな」

「内山さん、常識ですよ。もはや狙われたら侵入されるのは防げないんです。だったら、残る方法はパソコンの所在をくらますしかないでしょう。メールもウェブも利用していなかったら所在を特定するのは結構難しい」

　隣の男に諭され、内山は驚いた表情を浮かべる。マスターはうなずき、話を続ける。

「そうなのか。知らなかった」

「まあ、そんなわけでオレとあいつはネットを通じて化かし合いをしてきた。オレの方が一枚上手だと信じているが、もちろん逆の可能性もある」

「やめろ！　失敗するわけにはいかないぞ。関係機関のメンツがかかってるんだ」

「メンツのことは忘れろ。なにも失うものがない相手と戦っているんだ。守るものが多ければ多いほど不利になるぞ」

　マスターの言葉に、全員がはっとしたように固まった。

「守るものがなくなったら組織は崩壊する。メンツなんてくだらないものだ。だが組織をまとめて動かすには、そういうものが必要なんだよ」

　内山が低い声でつぶやく。マスターは目を床に落とし、ため息をついた。

「まあな。わかるよ。だからオレは組織を抜けた。法の遵守精神を捨てたおかげで、あいつと互角に戦えるようになったわけだ」

凪はその言葉に驚いた。マスターが喫茶店を始めたのは、凌のためだったのか。だが、それだとおかしい。凌はここでバイトするようになってマスターと親しくなったはずだ。その時、すでにマスターはここのマスターだったはず。矛盾している。凪は少し混乱してきた。

「せっかくの情報だが、それを証拠にはできない。違法に集めたものだからな」

「その通りだが、今度のリークで凌が動けばきっと証拠をつかめる。オレが把握している範囲のあいつの口座や攻撃用ボットネットの情報をお前に渡す。監視していてくれ。必ず動きがあるはずだ」

「わかった。陽動作戦で尻尾をつかむってことだな」

マスターはUSBメモリと紙を内山の前に置いた。他の客の視線が集まる。一番はじの客は席を立って内山の横まで移動した。

あの紙にはなにが書いてあるのだろう。凪はマスターの横からそれとなく見てみる。一覧表が三個あり、英語と数字が羅列されている。サーバーあるいはアプリあるいはサービスの名前とその場所を特定するなにかなのだろう。それ以上はよくわからない。訊きたいけれど、それは許されないだろう。

掌が汗ばんできた。いつもと違ってなんとなく話し合われている内容がわかる。凌を捕まえるための大がかりな作戦だ。凌とマスターのどちらが優勢なのか凪にはわからないが、とにかくすごいことが起きていることだけはわかる。目の前では、彼を捕まえるための作戦を話し合っている。

＊＊内通者A

〝彼〟は、ブラックスノウの貸し切りの客のことをひどく気にしていた。内通者Aにも参加者や話している内容をできるだけ調べるように命じていた。Aが貸し切り客が話している内容を聞いてまとめるのは無理だったから、他の方法を取るしかなかった。それでもじゅうぶん〝彼〟の役にはたった。

「これであいつの裏をかくことができる」

そう言って〝彼〟は喜んだ。

Aは貸し切りがあるたびに〝彼〟に報告していた。それ自体が嫌ではないが、貸し切りの後に必ず〝彼〟は機嫌が悪くなる。おそらく内容が気にくわないのだろう。Aには内容がよくわからないので、くわしくはわからない。

今日は人数が多いというから、ふだんと違うなにかがあるのかもしれない。Aはふだんにもまして注意深くなった。

第六話

晩冬　エストニア、東京

北欧エストニアのタリンにある〝安心フィナンシャルアドバイザー〟のオフィスではカスタマーサポートの女が客からの通話を受けていた。

古い煉瓦《れんが》造りのアパートのだだっ広い部屋の真ん中に大きな机が向かい合わせに置いてある。女の向かいの机には大型ディスプレイが三つあり、男がその裏側に隠れるように座っていた。無精ひげを生やして、神経質そうなやせぎすの身体を落ち着きなく揺らしながらキーボードを叩いている。

男の横にはいくつも機械が積んであり、ケーブルが蔦《つた》のようにからまっている。煉瓦の壁と銀色の機器が妙になじんで見える。

やがて女の電話が終わると男が話しかけた。

「逃げる準備って言っても、オレたちは逃げなくていいんだからすることないよな」

「ここも今住んでる場所も引き払うのよ。持ち物も全部持って逃げなきゃダメよ」

女が顔を上げる。金色に髪を染めた彼女の顔立ちは、一見すると東南アジア系にも見える。

「え？　だってオレたちエストニアにいるんだぜ。ここまで来ないだろ」

被害者は全て日本人だ。日本の警察の手はエストニアまで及ばないから大丈夫だと男は安心しきっていたのだ。

「インターポールだって動くと思うなあ。このまま同じ場所にいられるわけないでしょ」

男の頭には、『ルパン三世』の銭形《ぜにがた》警部の姿が浮かんで来た。現実味がなさすぎる。

「インターポール？　アニメでしか見たことないぜ。本当にあるんだ」

「あなた、大丈夫？　素人みたいよ」

女は、いささかあきれた顔で男を見る。男はどうしたものかと思う。この女は自分よりも場数を踏んだ筋金入りの裏社会の住人のようだ。一年以上一緒に仕事をしているが、お互いのことはよく知らないし、訊《き》こうともしなかった。興味がないわけではない。訊かなければよかったという目に遭いたくないからだ。

わざわざ日本から北欧くんだりまでやってきてネット詐欺を手伝っている時点で、ろくな過去がないのは確かだ。名前はおそらく偽名だし、使っているパスポートもニセモノだろう。

「いや、だって、オレってここに来る前はずっとサーバーいじってたし、逃げるとかわかんねえ」

「ほんとに素人だったのね。あたしは、知り合いのいるロンドンに行くけど。あなたも行き先を決めて準備した方がいいわよ」

　何度も素人と言われると、むっとする。男はなにか言い返そうと思うが、詐欺に直接手を染めるのはこれが初めてというのは本当なので言い返す言葉がない。

「今までは凌が手配してくれてたんだけどなあ。今度は自分でやんなきゃダメか……オレもロンドン行こうかな」

　自分で手配したことがない。いっそこの女にくっついて行くのも悪くないかもしれない。知り合いがいた方が安心だ。あまりつきあいはなかったが、この女も知り合いには違いない。

　だが、女は露骨に嫌な顔をした。

「やめてちょうだい。同じ場所じゃない方がいいに決まってるじゃない。オーストラリアにでも行けば？」

「オーストラリア……なんで？」

「なんとなく」

「オーストラリアって田舎《いなか》すぎるだろ。金もらえるんだから、どっかのビーチリゾートにでも行こうかな」

オーストラリアにはカンガルーとコアラのイメージしかない。それに確かサイバー関係は取り締まりが厳しいはずだ。それなら東南アジアのビーチリゾートの方が安全で楽しそうだ。

「目立つことすると、見つかりやすくなるから気をつけてね。カジノで豪遊しないでよ」

上から目線が気になるが、アドバイスは聞いておこう。これまではエンジニアとして裏で手伝っていただけだが、今回はメールマガジンの発行や当局への通報も担当したから特定されやすくなっている。罪も重いだろう。自分が密告した連中だって、出所すれば復讐を考えるに決まっている。表社会からも裏社会からも狙われることになったわけだ。気をつけなければいけない。

「どういう手順で逃げるんだ？」

「マジで、それ訊いてるの？」

女はため息をつく。

「うん」

「うわ、凌さんに、この人はひとりじゃ無理そうって言っといた方がいいのかなあ。ほっといたら、すぐに捕まりそう。サーバーいじってる限りではプロっぽく見えていたのにね」

ひどい言われようだが、もう腹も立たない。頭を下げて教えてもらうしかない。

「凌から、今回は自分ひとりでやってみてって言われてるからさ」

「なるほど。そろそろ独り立ちしろってことなのかな。しょうがないなあ」

女はおおげさに首を振ると、説明を始めた。

「一仕事終わったら、凌さんから自分の取り分がビットコインで送られてくるでしょ？　できれば、その前にニセのＩＤやパスポートを手に入れて、別の場所に移動しておいた方がいいと思う。ヤバそうな時は早めにＩＤとパスポートを違うものに変えておいた方がいいわよ。入金を確認したら、足のつかないやり方で現地通貨に当面必要な分だけ換金して次の仕事までひと休み。必要ならニセのＩＤとパスポートの業者は紹介してあげる。すぐに手に入るから安心して」

女はそう言うと笑った。男はほっとした。なんとかなりそうな気がしてきた。

それにしても自分のしていることが犯罪だという実感がない。頭ではわかっているのだが、悪いことをしているような気がしないのだ。まっとうな会社でやっていた仕事と今やっていることとの違いはほとんどない。

「これってほんとに大事件になるのかな？　大騒ぎになる？」

新聞に載るような事件になるのだろうか？

「投資で詐欺した金額って数十億、もしかすると百億くらいいってるかもしれない。大きく取り上げられそう」

あまり考えたことがなかったが、頭の中で会員数や投資者の数や投資金額をもとに計算すると、確かに数十億から百億円になる。急に怖くなってくる。いや、でも、その代わりに分け前も多いはずだ。

「マジか？　じゃあ、オレたち、いくらもらえるんだろう？」

「あたしは一億円プラスボーナスって最初に約束してもらったけど」

「一億円？　そんなにもらえんの？　オレは金額提示されてないんだけどさ」

「やっぱり素人あつかいだったってことかも。これまでは見習い期間だったのかもね」

「……そ、そうなのかな？」

見習いと聞いて、少しがっくりした。自分では、それなりに腕が立つつもりだったが、こうやって女と話してみると知らないことが多いのに気づく。

「オレ、ほんとにひとりで大丈夫なのかな？」

男が弱気につぶやくと、女は、「なるようにしかならないから気にしてもしょうがないわよ」と笑った。


珈琲店ブラックスノウでは、凌の仕掛けたネット上の投資詐欺を摘発するための相談が続いていた。普段は落ち着いた雰囲気の店内に、おもにひとりから発せられる熱気がたちこめている。

「一年以上追いかけてきたんだ。絶対失敗するわけにはいかない」

内山に人差し指を突きつけられたマスターはわかっているというようにうなずく。内山の鬼気迫る様子に周囲がしんと静まりかえるが、マスターはいたって落ち着いた様子で顎をさすり、棚にかざってある写真にちらりと目をやる。

「日本で大規模なダークウェブの主宰者を挙げるのは、これが初めてのはずだ。歴史に残るかもしれない」

マスターの言葉に数人がざわめいた。歴史に残るということは、それだけ難しいということなのだろう。本当にできるのだろうか？　という不安を凪は感じとった。内山は忌々しそうに彼らの顔をにらむ。

「日本初だろうが、世界初だろうが、なすべきことをなす。それだけだ」

内山は毅然《きぜん》と言い放ち、周囲を鼓舞するように胸元で両の拳を握り締める。

「オレは、ああいうヤツは許せないんだ。若造のくせに、わかった風なことを言って悪さをしやがる。どうするか見ていろよ」

「肩に力が入りすぎだ。そんなに熱くなるな」

マスターの言葉に内山の顔が赤くなった。

「ここで力を入れなかったら、いつ入れるんだ！　なあ、そうだろ！」

内山が拳を突き上げ、周囲を見回す。他の者も拳を上げると思っていたらしいが、周囲はぽかんとして静かに彼を見ているだけだ。内山は所在なげに拳を下ろす。

「あんたの言う通りだ。なすべきことをなそう」

ひとりがぼそっとつぶやき、他の客たちは無言でうなずく。内山は、なにか言いたげにひとりひとりの顔を見つめる。他の者は内山ほど熱くなれないようだ。

「時代は変わった。もうすぐ警察の仕事は犯罪者を捕まえることじゃなくなる。こんな騒ぎもこれが最後かもしれないな」

奥に座っていた客が漏らした。警察が犯罪者を捕まえなくなる？　凪は意味を計りかねた。

「オレは認めないぞ。警察が犯人を追わないでどうするんだ⁉」

内山はつぶやいた男をにらむ。

「そうはいっても、事件が起きてから犯人を捕まえるより、犯罪の徴候を事前に察知して予防した方がいいに決まってる。いや、私だって気持ちはあんたと同じですよ。事前に察知するなんて今までやってきたことと違いすぎる」

「ＦＢＩは監視や囮捜査を強化するし、聞いた話では今じゃ、仕事のほとんどが事後対応じゃなくて予防だそうだ。この間は、ＦＢＩがダークウェブで児童ポルノサイトを運営して、そこに集まってきた児童ポルノ愛好者を検挙したそうじゃないか。大がかりな囮作戦だ。オレたちの常識では、そんな犯罪まがいのことは許されない。でも、これからはそうしなきゃいけない時代になってゆくんだろう」

他の客がさらに付け加える。内山は、納得できないというように首を振る。初めて聞いたＦＢＩの話に凪は、そうなのかと不思議に思う。

「犯罪の予防というのは、犯罪をしていない人間を犯罪者に仕立てることだからな。お前さんの言ったＦＢＩの囮作戦なんか、まさしくそうだ。いろいろと問題はあるし、日本では法制面の制約があってまだまだやりにくい。それでもできる範囲でやってゆくというのが全体の方向なんだろう」

マスターが応じる。

「相変わらず醒《さ》めてるな」

不満そうな内山の言葉に、マスターは苦笑いする。

「お前は熱すぎる。少しはクールダウンしないと熱暴走するぞ」

マスターの言葉を聞いた内山はすっくと立ち上がった。

「お前みたいに醒めてたら凍え死んじまうわい。凌みたいな野郎がのさばってるのに、黙って座って相談してるだけなんて、それだけで頭の血管が切れそうだ」

周囲の客が内山を見上げる。

「行くぞ！　準備だ。時間は限られてる」

「あ、はい」

他の客たちは内山に急《せ》かされる格好で、立ち上がる。

「やれやれ、普段はさぼってるくせに作戦となると、これだからな。内山さんにはまいるよ」

「ああん？　悪かったな。ガキの頃から内山君は授業以外では大活躍ですね、って言われてきたんだ。じっと座って会議なんぞやってられっか」

「授業以外では大活躍」というところで一同がどっと笑った。場が和む。

「いい先生だな。お前さんの特徴をよく把握してる」

「オレみたいに先頭に立って騒ぐバカがいた方が物事が進みやすいことも多いんだ。特にお前らみたいに考えすぎで手を動かさなくなると危険だ」

「わかってる。だから内山さんを仲間にしてるんですよ。これでもバランスを取っているんです。内山さんだけに負荷をかけようとしてるわけじゃありません。普段は我々が中心になって地固めしてるでしょう？」

「あ、うん。確かに」

「我々に礼くらい言ってもいいんじゃないかな」

「え？　ああ、恩に着る」

内山の周りを囲んだ客がまた一斉に笑う。なんだかんだ言って、内山のことをみんな好きなのだと凪は思う。内山を先頭にして、全員がぞろぞろと出口に向かう。

「ありがとう。珈琲うまかった」

扉に手を掛けた内山は、振り向くとマスターに向かって怒鳴った。

「事件が解決したら、仕事抜きで来てくれ。歓迎する」

マスターも声を張り上げて答える。

「わかった」

内山が扉を抜けると、続く男たちも振り向きざま、「ごちそうさまでした」と言いながら出て行った。貸し切りの客たちが、「ごちそうさまでした」と言うのは初めてだと凪は気がつく。今日が最後の会議なのかもしれない。

客たちが店の外に出ると、マスターが長いため息をついた。

「凌の包囲網は狭まった。あいつはもう逃げられない」

凪の顔を見ずにそう言った。

「あの人たちは警察の人だったんですか？」

「そうとも言えるし、そうでないとも言える。そこは大事じゃない。大事なのは、一年間かけて凌の行動を把握したことだ。もう、どこにも逃げられない。立件に必要な証拠さえそろえば、あいつは終わりだ」

さっき話していたのは、そういうことだったのかと凪は納得した。それにしても、自分はここにいてよかったんだろうか？　普段に比べるとかなり具体的で突っ込んだ話だった。凌を逮捕する作戦のことまで聞いてしまったのだ。

「各機関が共同でダークウェブをテイクダウンし、凌を逮捕するだろう。今はその準備の真っ最中だ」

　各機関？　警察以外の組織の人も参加していたのだろうか？　だからマスターは、「そうとも言えるし、そうでないとも言える」というあいまいな答え方をしたのか。しかし、警察以外というと、まさか自衛隊？　投資がらみだから金融庁も関係ありそうだ。

「各機関って、そんな大がかりな作戦なんですか？」

「そうだ。動くのは警察だけじゃない。凌は日本を完全に敵に回してしまった。明後日《あさって》、ヤツは後悔することになる」

　日本を敵に回してしまった、と聞いても想像がつかない。凪には警察が包囲して逮捕するくらいしかイメージが浮かんで来ない。

「明後日……それまでに逃げられたりしないんですか？」

　荷物をまとめて逃げるだけなら、すぐにでもできそうだが、それを防ぐ方法も考えているのだろうか。

「この作戦がばれない限りは大丈夫だ。ばれたら、あいつは今ある金を全部持って逃げ出すだろう。仲間を見捨ててな。これから四十八時間くらいが勝負だ。それまでに逃げなければオレがリークしたニセ情報で凌は顧客の腕利きから狙われることになり、身を守るために自首せざるを得なくなる」

マスターは腕を組んでうなる。

「四十八時間……長いようで短い時間ですね」

「あいつの全てがそこにかかっている。こちらも内山たちの一年間がかかっている」

「僕はここにいてよかったんですか？　聞いてはいけないことを聞いてしまったような気がします」

「気になるかい？」

「そりゃ、だって目の前で逮捕の相談しているのとか初めてです」

「信用してる。裏切らないでくれよ。といっても凪は凌とここで一度顔を合わせただけで、連絡先も知らないだろう」

マスターは笑った。凪はうなずき、ふたりとも無言のままで片付けをしたり、掃除をしたりしていた。ふと気がつくと、すでに、貸し切りの客が帰ってから、三十分以上経っている。

「今日は、お嬢さまは来ないのかい？　貸し切りが終わる頃には必ず来ていたのに」

貸し切りの後、一時間くらい店を手伝ってバイトは終わる。いつも霧香は、貸し切りが終わる頃を見計らって店に来ていた。特に約束はしていないが、今日バイトがあることは伝えておいた。なにかあったのだろうか？

「来ると思うんですけど、どうしたのかな？」

凪が答えた時、店の扉が開いた。霧香かと期待して目を向けたが、現れたのは常連の老紳士だった。七十歳を超えていそうだから仕事はしていないと思うのだが、いつもスーツを着て、中折れ帽をかぶっている。枯れ木のように細い身体をゆっくりと動かし、店の中を見回しながら入ってくる。

「こんにちは。密会は終わったかな？　さっき来たんだが、貸し切りだったんで出直してきたよ」

低くしゃがれた声で、独り言のようにつぶやいた。不満を感じさせるような声音ではなかったので、凪は安心した。

「密会とは、おだやかじゃないですね。無駄足を踏ませてすみませんでした」

カウンターの奥の席に腰掛けた客の前に、マスターがお冷やを置く。客は老眼鏡を取り出してかけながら、一呼吸おいて「ありがとう」と返す。

「ちょくちょく来ている貸し切りのお客さんたちは、なにをしているのかな？」

客が凪とマスターの顔を横目で探るように見た。程度の差こそあれ、常連客には気になるらしい。

「リラックスした雰囲気で仕事の打ち合わせをしているだけのお客さんですよ」

マスターは、そう言って苦笑いする。客は、「ふうん」と納得したような、していないようなあいまいな返事をすると、ポケットから文庫本を一冊取り出してページを開く。

「そうだろ、凪？」

声をかけられた凪はどきっとする。確かに仕事の打ち合わせだったけど、あれはリラックスした雰囲気とは言いがたい。

「あ、はい」

声がうわずった。客は凪の素振りがおかしいことに気がついた様子で、訝しげに顔を見る。

「なにかあったのかな？　いつもと様子が違う」

自分でも気がつかなかったが、硬い顔をしていたようだ。

「珈琲をひっくり返す事故があってね。それでちょっと凪が動転した。オレが悪かったんだ。不安定な体勢でカップを渡したから」

「すみませんでした」

凪も話を合わせて頭を下げる。

「済んだことだ。気にしなくていいよ」

マスターはそう言うと、ウインクした。凪がスマホを確認すると、電波が入るようになっている。「通信暗室」状態は終わったようだ。

「なるほどねえ」

文庫本に目を落としたまま、客はつぶやいた。


大学の講義を終えた坂井はそそくさと自宅に戻った。机の前に腰掛け、パソコンを立ち上げる。夕方、ブログを更新して、それから遊びに出かけるのが日課になっている。ブログの内容は、〝安心フィナンシャルアドバイザー〟の紹介だ。メールマガジンに掲載された記事を確認しながら、いかに便利で役に立つかを書く。短くても毎日最新の情報を載せると反応がよくなる。

大学で霧香を誘うことには失敗したが、ネットでその分登録者を増やしてやる。今月もがんばって十万円超してやる。

ブログを更新したら、ツイッターで更新したことをつぶやく。毎日、それだけで数人は登録してくる。しかし、始めた当初に比べると、じょじょにペースは落ちてきている。

検索されてブログに来るのを待つだけでは減るだけだ。効率よく稼げることが広まったから競争相手も増えた。なにか新しいことをしないといけない。あるいは、もう止めてしまうか。いや、止めてしまうのはもったいない。まだもう少し稼げる。

坂井には、次にどうすればよいかわかっていた。同じことをして成功しているアフィリエイターもいる。やれば、間違いなく儲けは増える。だが、不安だ。

ここ数日、毎日ブログを更新するたびに悩んでいた。今日は思い切って、電話してみることにした。その結果がダメでもいい。その内容をまた明日のブログに書ける。

坂井はスカイプを立ち上げ、登録しておいたものの、まだ一度もかけたことのない番号をクリックする。数回のコールの後で、若い女の声がした。

「安心とゆとりをみなさまに提供する、〝安心フィナンシャルアドバイザー〟、カスタマーサポートです」

緊張で坂井の手が汗ばむ。

「口座について、訊きたいんですけど」

自分の声がかすれていることに気がついた。カッコ悪いと思う。

「はい。投資組合についてですね。どのようなことでしょう？」

「二十歳の大学生なんですけど、学生でも投資できますか？」

「大丈夫ですよ。ただし、最低の投資金額が百万円からになりますので、学生の方にはちょっと大きな金額かもしれません。でも、大学生で投資している人もいるので、人それぞれだと思います」

最低投資金額は百万円ということは知っている。そこが問題だ。毎月七万円以上稼いでいるんだから、十万円くらいなら、余裕で出せる。百万円は、その十倍だ。金が戻ってこなかったら大損する。

アフィリエイトで紹介している、〝安心フィナンシャルアドバイザー〟が推薦する投資組合に投資して、それを記事にすればアクセスは増え、登録者も増える。だが、それにしてもまず百万円が必要なのだ。

「それは知ってます。オレ、アフィリエイトやってるんで」

全然ちゃんとしゃべれてない。普段はいくらでも説明できるのに、自分が説明を受ける方になったらこのざまだ。しっかりしろ、と坂井は自分自身を叱咤《しった》する。

「アフィリエイト？　弊社のアフィリエイトですか？　お世話になっております」

女の声が弾んだような気がして、坂井は少しほっとする。そうだ。自分にはこれまで何千人も登録させてきた実績がある。びくびくする必要はないんだ。

「あ、お世話になってるのはこっちですけど。それで、投資すると毎月利子が入るんですよね？」

すでに投資をしているヤツのブログには、毎月いくら振り込まれたという記事が出ている。ああいう記事はアクセスが多いし、それで、〝安心フィナンシャルアドバイザー〟をみんな信用する。

「正確に言うと、利子ではなく配当金になります。金額は毎月の実績によって変動します。先月は百万円に対して三万円の配当金がつきました。過去半年間の平均ではおおよそ二万円前後となっております」

「二万円？　そんなにもらえるんですか？　だって、それじゃ一年で二十四万円。投資したお金の四分の一になる！」

ヤバイと思う。銀行に預けても利子はつかない。むしろＡＴＭ利用手数料でマイナスになるのが当たり前だ。それが毎月二万円ももらえる？　一千万円預けたら、二十万円だ。それだけで暮らせる。

頭の中で人生楽勝というお花畑のようなわくわく感と、本当は詐欺じゃないのかという不安がせめぎ合う。

あわててパソコンでいつもチェックしている投資の記録のブログを表示させ、「今月の配当金」というカテゴリーを選択する。21,000、18,500、27,350といった数字が目に入った。確かに高額の配当金が支払われている。念のため、他のブログも見ると、同じ数字が並んでいた。間違いない。

「あくまで先月までの平均なので、今月あるいは来月いくらになるかは保証の限りではないんですが」

女の説明は淡々としていて、興奮している自分がバカに思えてくる。そうだ。もうたくさんの人が投資しているんだ。電話してくる相手にいちいち感情移入なんかしていられないだろう。

「損することもあるんですよね？　それってどれくらいマイナスになるんですか？」

「いえ、弊社の投資組合のファンド〝エマージングアジア〟は元本保証ですので、元本が減ることはありません」

「元本保証？　じゃあ、損することはないんですね！」

「基本はそうです。二年が基本契約になっておりまして、それよりも前に解約すると解約手数料として二％を申し受けますが、それだけですね。くわしい説明はウェブにございますので、投資を決める際は事前にご確認ください」

そういえば見たかもしれない。いや、紹介文を書くために何度かそのウェブを見たのは間違いない。でも、説明が多すぎていつも全部は読んでいなかった。元本保証なんて書いてあったのは知らなかった。

「申し込みって、ネットからできるんでしたっけ？」

保証があるなら、損はしないということだ。それならなにも心配することはない。万が一、なにかあったとしても、アクセスが増えてアフィリエイトの稼ぎで毎月十万円を維持できれば十ヶ月で百万円を超えて元が取れる。一年だけもってくれれば損はしない。ちゃんと配当金をもらえたら、配当金とアフィリエイトの収入が増える分でかなり儲かる。毎月十二万円から十五万円くらいになるかもしれない。

「はい。ウェブからお申し込みいただくと、振込先を記載したメールをお送りしますので、そちら宛てに振り込んでいただければ完了です。追加の投資は随時可能です」

簡単そうだ。やるしかないという気になってきた。

「ありがとうございました」

坂井は電話を切ると、さっそくウェブにアクセスし、申し込みを開始した。もちろん、申し込み画面などをブログ用に画像で保存しておくのも忘れない。頭の中には配当金という不労所得で悠々自適に生活する将来の自分の姿が浮かんでいた。これで投資家の仲間入りだ。


三十分ほどして常連客は帰った。凪がテーブルを拭いていると、マスターに肩を軽くたたかれた。

「さっきは、話を合わせてくれて、ありがとう」

「あ、いえ、そんな。秘密にしといた方がいいんだろうなと思って」

「助かったよ。まさかあの人が凌とつながっているとは思わないが、万が一ってこともあるからな」

内山は一年かかったと言っていたから、かなり大がかりな作戦だ。その成否に影響を与えるようなことはできるだけ排除しておきたいのだろう。逆に、自分はそれだけ信頼してもらえているのだ。誇らしい気がした。

「ちょっと失礼する」

マスターはそう言うと、トイレに向かった。凪は、「はい」と答えて洗い終わったカップを拭いて棚に納める。

カウンターテーブルにちょっとした汚れを見つけたので、カウンターから出てていねいに拭いた。じっとり掌に汗をかいていたことに気づく。

カウンターの内側に戻り、壁の時計を確認した。やはり霧香は遅い。もうすぐバイトの時間が終わってしまう。

連絡すべきかどうか迷っていると、扉が開いて当の本人が入ってきた。

「遅くなってごめん。講義が長引いちゃって」

霧香はそう言うとタブレットを顔に押しつけて頭を下げた。よくやる仕草だが、表情が見えなくなるのはちょっと不便だ。

「ちょうどよかった。バイトももうすぐ終わる」

凪はそう言うと、彼女がいつも座る席にお冷やを置こうとする。普段ならここで一息入れる。

「今日は、このまま出かけない？　だってバイトはもう終わりでしょう？　お腹空《なかす》いちゃった」

霧香は顔を上げ、タブレットを顔の半分まで下げるとそう言った。凪は一瞬迷ったが、お冷やを引っ込める。なんだか急いでいるようだ。

「そうだね。そうしようか」

バイトの後に珈琲をご馳走になってから晩ご飯を食べに行くのが、習慣になっていた。

でも、今日はこのまま食べに行ってもいいかもしれない。

その時、マスターがトイレから出てきた。

「いらっしゃい」

すぐに霧香に気づいて、軽く会釈する。

「こんにちは」

霧香はタブレットを顔に当てたままお辞儀した。

「もうすぐ時間だから凪はあがっていいよ。珈琲を淹れよう」

マスターはカウンターに戻りながら凪の顔を見る。どうやら、霧香との会話は聞こえていなかったらしい。

「ありがとうございます。でも、今日はこのままご飯を食べに行こうかと思って。すみません」

せっかくの好意を断ることを申し訳なく思う。

「たまには、そういうのもいいだろう」

マスターは驚いた様子もなく、笑顔を見せてくれた。凪は軽く頭を下げる。

「すみません」

霧香も頭を下げる。

「そんなに恐縮されると、こちらが悪いことをしているような気になる。気にしないでくれ。次回は美味しいのをご馳走させてくれ」

「はい」

凪は答えると、着替えのために奥の小部屋に移動した。


その日は霧香の希望で、鼎泰豊《ディンタイフォン》という中華料理屋に行った。

「小籠包《ショーロンポー》が美味しいと、世界中で評判らしい」

霧香の言葉に、そんな店が池袋の東武デパートの中にあるんだろうか？　と思ったが、どうやらチェーン展開しているのだと知って納得した。世界的な名店というのは本当だが、日本各地のデパートなどに出店していることを知ると、少しありがたみが薄れる。

「中華料理好きだし、小籠包は特に好きなんだけど、熱いよね」

霧香の言葉に凪もうなずく。小籠包は熱々の肉汁が魅力だが、当然ながら熱くて火傷《やけど》することもよくある。かといって冷めてから食べると、脂が分離して固まったりして、味が落ちてしまう。

メニューを見て、さんざん迷った挙げ句、ふたりは普通の小籠包ふたつと蟹《かに》みそ入り小籠包を頼む。

「お待たせしました」

長く待たされるかもしれないと思ったが、意外に早くウェイトレスがせいろを持ってやってきた。

ふたりの前にせいろを置き、蓋を上げると食欲をそそる蒸気と香りが立つ。

「美味しそう」

霧香が、つぶやき、箸を伸ばす。小籠包をつまむと、器用にレンゲにのせた。軽く酢醤油《じょうゆ》をつけ、刻んだショウガをのせる。

凪も同じようにレンゲに小籠包をのせ、酢醤油とショウガをつけた。

霧香が肉汁をこぼさないようにまるごと一個を口の中に収めた。凪も続けて口に放り込む。噛《か》むと熱く濃厚なスープが口の中いっぱいに広がる。確かに美味しいが、一個食べ終わるまで口を開けない。

「あっちちちち」

霧香は猫舌だったが、肉汁を熱いまま食べたいとがんばっていた。おおげさに、悲鳴を上げ、口を両手で押さえる。かなり熱かったらしく、目が潤んでいる。その様子が、たまらなくかわいいのだが、本人はそれどころではないのだろう。

「熱いけど、熱いまま食べた方が美味しいよね」

そう言いながら、涙目で小籠包を頬ばる。

「無茶しないでよ」

凪は笑いながら、熱さをこらえて小籠包を食べた。

霧香と楽しく過ごしているはずなのに、さきほどの作戦のことが頭に引っかかっている。マスターと内山たちが凌を捕まえる様子が頭の中に浮かんでは消える。捕まえた後、どうするのだろう？　普通に裁判して有罪になり、そのまま刑務所に入ることになるのか。マスターは、本当にそんなことを望んでいるのだろうか？

「あ、そうか。これって、少し温度が下がっても肉汁から脂が分離したり、固まったりしないようにしてあるんだ。どうやってるんだろ？」

霧香の声で我に返った。凪もよくわからないと首をひねる。

「ところで今日はどんな話だったの？」

小籠包に箸を伸ばすと霧香に質問された。なんにでも好奇心旺盛な霧香だが、ブラックスノウのことは特に気になるらしい。

「貸し切りのお客さんたちのこと？」

「そうそう」

決まってるでしょ、と言いたげに霧香が答える。

「いつもと同じだったよ。カウンターにいるから話は聞こえるんだけど、なんの話かよくわからないんだよね」

ウソをつくのは心苦しいが、今日のことを話すわけにはいかない。

「でも、なんかいつもと違う」

霧香が不満そうにつぶやいたので、凪はどきりとした。

「なんのこと？」

「凪の様子がいつもと違う感じがしたから、なにかあったのかと思ったんだけど。気のせいかな」

ふだんは他人のことなど気にしていない様子の霧香だが、時々妙に鋭いことがある。

でも、ここは誤魔化し通すしかない。

「ちょっと珈琲をこぼしちゃって。初めてだったから、なんだかあせってさ。そのせいかもしれない」

さっきの作り話を利用することにした。

「火傷しなかった？」

霧香がびっくりした顔で声を出した。予想外に驚いたようだ。

「大丈夫。床にこぼしただけだから、僕にもお客さんにもかからなかった」

ほっとした、どうやら信じてくれたようだ。

ふたりで小籠包のせいろを三つと担々麵《タンタンメン》にチャーハンを平らげた。小ぶりとはいえ、せいろひとつに六個入っているからひとり九個も食べたことになる。

「お腹いっぱいになると、幸福な気分だね」

霧香は満足そうなため息をついた。それからちらっとデザートのメニューに目を走らせ、うーんとうなる。

「デザート食べられそう？」

凪が訊ねると、霧香は首を横に振った。

「残念だけど無理そう。凪は？」

「僕も止めとこう」

凪も背中を椅子の背に預けた。


「今日は寄ってく？」

店を出る時、霧香が訊ねた。

少し変な感じがした。普段は霧香から訊ねてくることはない。

「ごめん。今日は帰らないといけないんだ。政治学の課題が終わってなくてさ」

せっかく霧香から訊いてくれたのに申し訳なく思いながら答えた。なんだか間が悪い。

「あれ？　この間、余裕とか言ってなかったっけ？」

「やってみたら、そうでもなかった」

「あたしには簡単だったけどなあ」

「……僕には難しいんだよ」

霧香は、ごめんと少し頭を下げる。

「いや、気にしないで。僕がサボってたせいだから。霧香のノートを写せればいいんだけど、ばれるとまずいよね」

「あの先生、チェックするみたい。ネットからコピペしてないかとか、似たような内容で他の学生が課題出してないかとか、ねちっこく見るんだって。助手の人が手伝わされてるって言ってた。気をつけた方がいいよ」

「マジか……ほんとに自分でやらないとダメだ。ネットのコピペもチェックされるのか」

ため息をつく凪の肩を霧香は軽く叩いた。

「残念だけど、がんばってね」

霧香は、手を振って去って行った。その後ろ姿を見送りながら、凪は胸が苦しくなった。霧香はほんとうにいい子だ。ウソをつくのがつらい。

新宿副都心を見下ろすようにそびえ立つ城のようなホテルの部屋で凌は、ノートパソコンを操って会員数を確認していた。一段落ついて伸びをすると、思わずため息が出た。コードの読み書きは苦にならないのに、数字のチェックはひどく面倒で眠くなる。会員の数がそのまま口座の数につながり、それはそのまま近く手に入れる現金になるのだから、おろそかにはできない。それがわかっていても長時間続けるのは苦痛だ。

しかも他の人間にまかせるわけにはいかない。信頼できる少人数で運営しているとはいえ犯罪だ。やってもばれない、あるいは逃げ切れると考えたら、平気で裏切るだろう。裏切る方が悪いのではなくて、隙を見せた方が間抜けだという世界だ。金につながるところは自分だけしかいじれないようにしてある。

立ち上がり、硬くなった肩を軽く回してほぐす。細い身体にまとったガウンが羽衣のように揺れる。ひとしきり身体を動かすと、窓際から外を眺める。薄闇の中にビルの灯りがきらきらと輝いている。もうすぐこの風景ともお別れだと思うと、名残惜しくなった。

その時、スマホにメッセージが入った。送り込んだ内通者からだ。会議のメンバーが自分の逮捕に動き出すと聞いて、どくんと心臓が脈打ち、全身にアドレナリンが回る。しかも加村と内山が中心となって仕掛けるのだという。怒りで身体が熱くなる。どこまでも邪魔をする嫌なやつら。

加村の横顔が脳裏に浮かび、愛憎がともに浮かび上がる。そもそも加村が自分を受け入れなかったから、こんなにこじれてしまったのだ。手を組んでいれば、もっと簡単に大きな仕事ができたはずだ。加村だって組織からはみ出したはぐれ者だ。なぜ正義の味方のようなことをするのかわからない。苦いものが胃からせり上がってくる。

だが、あと二日あれば今の資金を安全に移動させ、分配し、痕跡を消去できる。加村たちは忌々しいが、裏をかいて恥をかかせてやる。自分を受け入れなかったことを後悔するがいい。

――教えてくれて、ありがとう。助かった。それにしても思ったよりも早いな。あと一ヶ月は余裕があると思っていた。本当に動き出すのか？

凌は内通者にメッセージを返した。内通者が加村にばれたり、裏で加村に操られている可能性もないとはいえない。裏を取る方法も用意した。

――くわしいことは録音した音声ファイルで確認してください。間違いありません。

――そうか、本当に明後日なんだね。じゃあ、急がないといけないな。

――金をロンダリングしたら、その後はどうするんです？

――金を持って逃げる。それしかないだろ？

しばらく沈黙があった。一瞬、取り分が気になるのかと思ったが、そうではないだろう。自分の身の振り方を考えているのだ。元いた日常に戻れるかどうかが心配なのか、それとも……。

――少しでいいから、話したい。

通話は面倒くさいが、ここで暴走されても困る。適当になだめておこう。

――いいよ。

凌は答えて、相手と通話を開始した。面倒と思っているのはおくびにも出してはいけない。だが、つけあがらせてもいけない。ある程度、突き放して、それでも追ってくるくらいの距離を保つ。

「首の皮一枚でサバイバルしたってとこかな。助かったよ」

快活にそう話しかけた。


店の後片付けを終えた加村は、無意識にため息を漏らしていた。

店の隅に置いてある黒い箱に目をやる。凌との騙し合いももうすぐ終わる。どちらがどちらをどこまで騙しているのかが明らかになり、騙されていた方が負ける。今はお互い自分が騙していると思っている。

互いに手札を最後まで明かさないポーカーゲーム。時にはブラフをかまし、時には逆に騙されたふりをする。最後に札を表にするまで勝負はわからない。常に相手の手の内を読み、自分の戦略が誤っていないか確認する。

加村には自信がある。そうでなければ、勝負に出ない。それでも一抹の不安は残る。たとえば、予想外の内通者がいたら？　内山の作戦が筒抜けになっていたら、失敗するだろう。

凌は何度もこちらの様子をうかがうために人を送り込んで来た。ほとんどは客のふりをしてやってくるのだが、加村はその都度それを見破った。凌の手の内はわかっている。それでも、「本当に大丈夫なのか？」という不安が頭をよぎる。サイバー犯罪者を追い詰めるたびに、必ずこうなる。なにごとにも絶対はない。完全を望めば出遅れる。だから、八割、九割の確信が持てたら、やるしかない。

やるしかないんだ、加村は独り言をもらした。

凪は帰り道にスマホで時間を確認した。四十八時間だった残り時間は、四十四時間になっていた。凌やマスターのことが気にかかる。マスターと内山は自信がありそうだったが、相手は狡猾だ。マスターの言った通り、これは騙し合いなのだろう。どちらの方がより深く相手の手を読み、先手を打てるかで勝負が決まる。

凪の頭に凌の顔が浮かんで来る。きれいだが、冷酷に見える。それに比べると、マスターは厳しい顔をしているが、よく見ると目がやさしい。実際に話してみると、そのやさしさはよくわかる。やさしさは騙し合いでは弱点になってしまう。この戦いは凌の方に分があるかもしれない。でも、マスターの生き方の方が人として正しい。

そういえば今日は貸し切り客の話している内容がよくわかった。なぜだろう？　と考えて、初めて参加する内山がいたせいだと納得した。やはり普段は仲間内でしかわからない符牒を使っているのだ。内山も本来なら符牒を知っているべきなのだろうけど、あの様子では符牒など覚えていなさそうだ。

＊＊内通者A

Aは貸し切り客の会話を録音したデータを〝彼〟に送り、それから〝彼〟と通話した。

「首の皮一枚でサバイバルしたってとこかな。助かったよ」

〝彼〟は楽しそうだった。マスターを出し抜けたのがうれしいのだろう、とAは考える。

「無事に逃げられそう？」

「明日の夜、日本を出て南米に行く。客から預かった金は明日まるごと送金しておくつもりだ」

「え？　外国に行くの？」

「だって、日本にいたら捕まるだろ」

「そうかもしれないけど……」

「落ち着いたら遊びに来いよ」

南米……手の届かないはるか彼方《かなた》に行ってしまう。声を出せなくなった。〝彼〟の声が遠くに聞こえる。

「それとも南米で一緒に暮らすか？　君にそんなことができるかな？　全てを捨てて来れるかい？」

Aは驚いた。外国で暮らすなんてことを考えたことはなかった。〝彼〟とふたりきりの生活が頭に浮かび、胸が熱くなる。しかし、すぐにAに現実が重くのしかかってきた。大学を辞め、家を捨てなければならない。友人とも会えなくなるだろう。人生を捨てて、ついてくる覚悟があるのか？　と〝彼〟は訊いているのだ。

Aは返事できなかった。自分の優柔不断さを恨めしく思う。

「まあ、そんなとこだろうと思ったよ。僕のために全てを投げ出す覚悟なんてあるわけないもんな」

ここまで利用して、尽くさせて、さらに全てを捨てなければいけないのか、とAはつらくなり、涙が止まらなくなった。

「おいおい。止めてくれよ。泣いたってしょうがないだろ。君が僕と一緒に来るか来ないかってだけの話だ。僕は来てほしいけど、君が来たくないなら仕方がない」

〝彼〟は笑っていた。最初からAを連れてゆくつもりなんかなかったのだろう。

「……行きます」

もう行くしかない。きっと自分の人生は南米で終わる。異国の地で〝彼〟に捨てられて、朽ち果てるのだ。Aは思いつめる。

「へえ、うれしいな。ほんとにできるのか？　まあいいや、どのみち、僕が消えてすぐだと怪しまれるだろうから、少し経ってからの方がいい。僕から連絡する。それまでいい子にしててね」

「あっ」

通話は一方的に切られた。

Aはひとりぼっちの部屋に取り残された。1LDKの殺風景な空間。〝彼〟は明日の夜には、南米に行ってしまう。Aは家族も大学も捨てて旅立つ自分を想像して、おそろしくなった。脚が震えていた。ベッドに入っても、目が冴えて眠れなかった。

それでもAは〝彼〟と離れて生きていけないと思う。〝彼〟の声、〝彼〟の唇、身体を這う指先の感覚が蘇《よみがえ》り、たまらなく愛おしく会いたくなった。〝彼〟なしでは生きていけない。捨てられて死ぬにしても、最後の一瞬まで〝彼〟を感じていたい。そのため寿命が縮まるなら本望だ。

第七話

早春　ラスト・リゾート

大学の門を抜けた時、柔らかい風が凪の頬をなでた。もう冬も終わりだ。並木に明るい色が戻りつつあり、もこもこの厚着姿の人は珍しくなった。凪は早足でブラックスノウに向かった。自分は、あと何回この店に来るのだろう?

通い慣れた道から地下へ続く階段を下りると、扉に貸し切りの札がかかっていた。時間を見ると、すでに始まっている。もしかしてバイトの時間を間違えた? 一瞬、あせったが、記憶をたぐりそんなことはないと確認する。

不思議に思いながら店の扉を開けると、客は誰もいなかった。間違って札がかかっていたのかもしれない。でも、なんとなく雰囲気がいつもと違う。昨日も貸し切りがあった。連日で貸し切りがあるのは初めてだ。昨日、マスターと貸し切り客で、凌を罠にかける相談をしていたから、その続きがあるのかもしれない。

凪が挨拶して店の中に入ると、照明を抑えた店内の中央、カウンターの向こうにマスターが立っていた。珈琲を淹れているようだ。だが、やはり何か変な感じがする。

「おはようございます」

ドリップする水音がかすかに聞こえる。マスターの手元から顔にかけて、ほのかな湯気が覆っている。

「今日は貸し切りはない」

マスターは凪の方は見ず、ドリップしている自分の手元に集中している。一瞬、なにを言われたかわからなくなる。昨晩、急に貸し切りが入ったから来てほしいとＬＩＮＥで呼ばれたばかりだ。扉にも札がかかっていた。

「あ、そうなんですか？　じゃあ、バイトは？」

マスターは質問には答えず、淹れ立ての珈琲をカウンターに置く。

「オレのおごりだ」

そう言うと、道具を洗い出す。

「まあ、座ってくれ」

どういうことかわからずに凪が突っ立っていると、マスターが手で椅子をさした。事情がよくわからないまま、カウンター席に腰掛け、カップを手に取る。

顔を近づけると、嗅いだことのない香りが広がる。口に含むと、まろやかであっさりしていて、それでいて深い味だ。砂糖を入れていないのに甘みを感じる。温度はいつもよりも低く抑えられている。どちらかというと、ぬるいくらいだ。そのせいか繊細な味がわかりやすい。

「とっておきの一品だ」

そういえば、「次回は美味しいのをご馳走させてくれ」と昨日マスターに言われた。確かに美味しそうな香りがする。もしかしてこれが幻の珈琲と言われるものなのか。凪が驚いていると、マスターは無言でうなずいた。心なしか横顔がさみしそうだ。凪は不安を覚えた。なにかあったのかもしれない。

「凌は今朝逮捕された」

マスターがさらっとつぶやいた。凪は危うくカップを落としそうになった。心臓の鼓動が速くなる。確か昨日の話では、作戦は明後日、つまり明日開始のはずだった。なぜもう逮捕されているのだろう。

「凌はこちらの作戦を知って裏をかこうとしたんだが、こっちはそれを見越して手を打っておいた」

洗い物を終えたマスターは、手を拭きながら続けた。相変わらず、凪の方を見ない。凪は騙し合いではマスターのやさしさが足を引っ張ると考えたが、そうではなかったようだ。マスターと内山が勝ったのだ。

「内通者……つまりスパイがいたんだ」

続く言葉に凪は、はっとした。

「スパイ？」

誰のことだ？　この店には自分とマスターしかいない。自分が疑われているのか？

いや、いつもいる常連の西村さんという可能性もあるし、貸し切り客の中にいたという可能性もある。凌が関心を持ちそうなのは貸し切り客の会話だから、その中にスパイがいたと考える方が自然だ。

「そのスパイも捕まる。とても残念だよ」

ということは、もう特定されているってことだ。凌が白状したのだろうか。

「だ、誰なんですか？」

凪が訊ねると、マスターは顔を上げて凪を見た。鋭い目に射貫《いぬ》かれる。少しの間、沈黙があった。マスターの次の言葉を待っているうちに緊張が高まってきた。

「もうすぐ霧香ちゃんがここに来る。最後の挨拶をしてもらおうと思ってね」

ため息とともに、マスターが答えた。

「えっ」

全く予期していない回答だったので、凪は思わず声を上げてしまった。

「いつからかわからないが、おそらくこの店に来るようになってからだろう。彼女は、ダークウェブの世界に魅せられ、彷徨《さまよ》ううちに凌と知り合ってしまった」

全然気がつかなかった。混乱する。

「そんなこと……」

霧香が凌と知り合いだなんて考えたこともなかった。もちろん隠していたんだろうけど、あの霧香が自分にウソをつくとは思えない。なにかの間違いじゃないか？

必死に記憶をたどると、初めて霧香に凌の話をした時のことが浮かんで来た。自分が名前を教えるよりも前に知っていたような気がする。では、マスターの言う通りなのか？

「直接会ったことはないと思う。ネットで知り合い、ネットで連絡を取り合っていただけだろう」

マスターは腕組みして天井を見上げた。つられて凪も天井を見上げる。無数のポストカードが貼られていたことに、初めて気がついた。

ほとんどが黄ばんだ古い時代のものだ。誰かがマスター宛てに送ったはがきらしい。過去に出会った人々とつながっている天井。まるでマスターの人生が内装の一部になっているようだ。

「この店で得た情報を凌に渡していた」

この店で得た情報といっても凪の知る限り、霧香はただ普通の客としてやってきただけだ。なにも特別なことはしていない。それとも、知らない間にこの店を家捜ししていたのだろうか？

「いったいなにをしたんですか？」

「はっきりしているのは盗聴だ」

盗聴？　驚きで思わず声をあげそうになった。

「レコーダーさえ持ち込めば盗聴そのものはさほど難しくない。自分でレコーダーを持って店に入り、中の会話を録音してそのまま出て行けばいいだけだ。だが、それで録音できるのは普通に客として来た時のことだけだ。凌が一番知りたがっていた貸し切り客の会話は録音できない。貸し切りの間、店内にいられるのはオレと君と貸し切り客だけだからな。貸し切り客は全員身元の裏を取ってあるからスパイはいないはずだし、そもそもその場で聞いているんだから録音の必要がない」

そうだ。凪は思わず、うなずいていた。口の中がからからになる。

「だが、録音は可能だ。店のどこかに盗聴器を仕掛けておいて、録音すればいいだけの話だからな。だが、ここでひとつ問題がある。その内容を外に持ち出すのはちょっとやっかいだ。たとえば貸し切りの時には妨害電波を出して通信を遮断するようにしているからリアルタイムで盗聴した内容を送信することはできない。そうでない時も通信状況を監視しているから事実上、送信できない」

やっぱりと思った。貸し切りの時に携帯やネットがつながらなくなるのは、マスターが意図してやっていたのだ。

「確実な方法は設置した盗聴器を物理的に回収することだ。見つかりにくい場所に盗聴器を仕掛け、あとで回収する。これなら通信できなくても問題ない」

嫌な汗が全身に出てくる。

「凌は貸し切り客がサイバー犯罪の調査に関係していることを知っていたから、会話の内容を知りたがっていた。そこで他の人間に定期的にこの店に来て盗聴器を仕掛けて回収してもらうように頼んだ。カウンターの板の裏を調べて、盗聴器を貼り付けていたらしい痕をみつけた。君と霧香ちゃんがいつも腰掛けている席だ」

話が核心にせまって来ると、緊張で喉が渇き、思わず珈琲を飲む。

「で、でも、それだけでは決め手になりませんよね。僕ら以外の誰かが同じ席に座ってたかもしれないでしょう」

「その通り。午前中に来て、その席に座る常連さんもいる。だが、凌は逮捕された時にすでにこちらの情報をつかんで逃げる準備を始めていた。昨日のうちに情報を得ていたわけだ。それより前に盗聴器を回収できたのは君と霧香ちゃんだけだ。昨日も、貸し切りの後に霧香ちゃんがやってきた。立ち入ったことを質問して悪いが、昨晩君は霧香ちゃんの部屋に泊まらなかったんじゃないか？　彼女はすぐに凌に盗聴内容を送ったはずなんだ。君と一緒ではやりにくいだろう」

確かにそうだ。貸し切りがあった日に霧香の部屋に泊まったことはない。しかし、そんなに頻繁に泊まるわけではないから、それは証拠にはならないだろう。

「た、確かに言われてみればいつも貸し切りがあった日は彼女の部屋に泊まっていません」

「あの日だけではなくて、毎回そうだったのか。なるほど、いつもすぐに凌に情報を送っていたわけだ。彼女がそこの席に座って盗聴器を外すのに気がついたりしたかい？」

そんなのは見たことがない。

「いえ、気がつきませんでした」

「だが、その席に腰掛けたならこっそり盗聴器をはずすことはできる。昨日、いつもと同じように彼女は君の隣に座ったんだね？」

「は、はい」

「霧香ちゃんなら確実に貸し切りがある日を事前に知ることができる。オレは少なくとも前日に君にバイトを頼むからな。君は彼女に、貸し切りがあるからバイトが終わる頃に店においでと連絡するんだろう？」

確かにそうだ。うなずかざるを得ない。

「霧香ちゃんは、好奇心は猫を殺す、その言葉通りになってしまった。注意はしていたんだが、こんなことになって申し訳ない」

僕に謝られても困る。凪は困惑する。こんなことになるとは思っていなかった。マス

ターは、ほんとうに霧香がそんなことをしていたと思っているんだろうか？　逮捕された

「本当なんですか？　マスターは本気でそう思っているんですか？　逮捕された凌とい凌という人は、なんと言ってるんです？」

「残念ながら、オレはそう考えている。凌はスパイに関しては、なにも言っていない。口を割らなければスパイの正体がわかることはないだろう」

凌がなにも言わず、マスターが黙っていてくれれば、誰にもわからないままだ。

「だが、見過ごすわけにはいかない」

マスターの言葉に凪は覚悟した。霧香を警察に渡すつもりだ。霧香への思いで胸がつぶれそうになる。

地下への階段を下りてくる音が、かすかに聞こえてきた。

「霧香ちゃんには、まだなにも話していない。これから説明して自首するよう勧める」

凪は唇を噛んだ。自首という言葉がひどく重い。犯罪者になれば大学も辞めることになるだろう。

「こんにちは」

霧香の声がして扉が開く。すぐには入ってこず、少しだけ顔をのぞかせて店の様子を確認している。凪とマスターがいることを確認すると、おずおずと店の中に入るが、席にはつかない。どうすればいいのか迷っているようだ。

「凪もいたんだ」

霧香は凪を見てそう言ったが、予想していたようで驚いた様子はない。マスターが、あらかじめ知らせておいたのかもしれない。

「呼び出して、すまなかったね。どうしても話したいことがあって」

マスターが穏やかな声で言いながら目を細める。霧香は黙ってマスターの顔を見つめる。

「彼には少し早めに来てもらった。状況を把握しておいてほしかったからね」

マスターが凪を見る。霧香は、「はい」と答えるが、まだ不安そうな顔をしている。

「なんでしょう？　ふたりともいつもと雰囲気が違うんですけど。なにか危険なことですか？　事件ですか？」

霧香は、矢継ぎ早に質問した。まさか自分が当事者とは思っていないのかもしれない。

「そうだな。事件といえば事件だな」

マスターは言葉を濁す。霧香は不思議そうな顔でマスターを見て、それから凪を見る。

一瞬、目が合ったが、凪は思わず目をそらした。

「どうぞ、腰掛けて。珈琲を淹れよう」

マスターに促されて、霧香はいつもの席に腰掛けた。凪の隣だ。なんと声をかけてよいのかわからない。

「じらさないで教えてください」

霧香はいつもと同じようにしゃべっているが、どことなく硬くぎこちない。

お湯の沸騰する音がカウンターの内側から聞こえて来た。その音はすぐに消え、マスターはドリップを始める。

「もしかすると、凌という青年について凪から聞いたことがあるかもしれない」

霧香の方は見ずに、マスターは話し始めた。

「あの人ですよね」

霧香はカウンターの奥にある棚の写真をさす。マスターはその写真を横目でちらっと眺め、うなずく。

「そうだ。彼は以前ここでバイトしていた。少し彼の話をしよう」

そう言うと、霧香の前にカップを置く。

「いい匂い」

霧香がカップを手にすると、マスターは、昔の話を始めた。霧香は緊張した様子で、耳を傾けている。

「バイトを始めた頃はパソコンやネットのことをほとんど知らなかったが、オレのところに持ち込まれる相談事を見聞きしているうちにだんだんわかるようになってきた」

カップを両手で持ったまま、飲むこともできないようだ。

「やがて、自分でパソコンを購入し、好奇心でネットのアンダーグラウンドまで手を伸ばすようになった。そして、自覚のないままサイバー犯罪をするようになってしまった」

「それで、マスターは彼を辞めさせたんですね」

「正確に言うと、オレはこれ以上悪事を重ねないように止めようとしたが、あいつはそれを嫌って消えてしまった。それからもあいつは犯罪を続け、瞬く間に日本有数のサイバー犯罪者になってしまった」

「日本有数……ウィザード級ハッカーですか?」

「それとはちょっと違う。サイバー犯罪者とハッカーは必ずしも同じではない。技術を持たない裏社会の人間が、腕利きを雇って犯罪を行うことも多い。凌は技術的に高いレベルではなかったはずだ。腕利きのハッカーをリクルートしてチームを作り、犯罪を実行する。そのためのシナリオを書き、実行に移せるだけの計画力と行動力そして知識を持っている」

「技術力以外に強みを持つのもありなんだ」

「そうだ。犯罪を成功させるには、技術以外の知恵や情報量の方が重要なことも多い。あいつの狡猾さは群を抜いていた。いくつかの規模の大きなサイバー犯罪に関わったことから、あいつは、国内のサイバーセキュリティ関連組織から完全にマークされるようになった」

「警察や自衛隊ってことですか？」

「それもある。あとは内閣サイバーセキュリティセンターなどいくつか組織がある。ここで毎週行われていた貸し切りの会議は、その担当者たちの非公式の情報交換会だった」

「えっ……じゃあ、話し合われていた内容は……」

「毎週、国内のサイバー犯罪者の動きについて話し合っていた。特にみんなが関心を持っていたのは凌のことだ。当然、凌は会議の内容を知りたい。だからスパイを送り込んで来た」

霧香の身体が一瞬ぴくっと震えた。

「そのスパイはちょくちょくこの店に顔を出すようになった」

マスターはそこで言葉を切って、霧香の顔を見た。霧香は、うつむいて珈琲カップを見つめている。

「スパイは客として来店し、カウンターテーブルの下のわかりにくいところに盗聴器を仕掛け、貸し切り客が帰った後にまた客として来店し、回収していた。昨日、凌を逮捕するために作戦会議をここで行い、明後日に逮捕することに決めて解散した。そして今朝、逃亡の準備をしていた凌は逮捕された。どういうことかわかるかい？」

「……わかりません」

霧香が顔を伏せたまま、重い口調で答える。

「凌は作戦を知っていた。だからあと一日余裕があると考え、できるだけの金を回収しておこうとしていたんだろう。そこに踏み込んだ。つまり、スパイは昨日の貸し切りの後に凌に連絡できた人物だ」

しばらく沈黙があった。

「あの、それおかしくないですか？　だって、スパイはその会議の参加者の中にもいる可能性もあるわけですよね。そこから漏れることだってありますよね」

顔を伏せたまま、霧香が小さな声で反駁した。確かにそうだ。

さっきのマスターの話では盗聴器があったと言っていた。それで納得してしまったけど、よく考えると、あの貸し切り客のメンバーがスパイならつじつまが合う。

「そうじゃないんだ。いいかい？　この作戦は、フェイク。全部ウソだ。会議の参加者は全員がウソだとわかっているから、仮にスパイがいたとしても凌に明後日だと伝えることはない」

マスターの言葉に、凪は声を出しそうになった。全部ウソだったなんて、信じられない。全てはスパイと凌を騙すための罠だったということなのか。スパイは、まんまと罠にかかって、ニセの作戦の情報を渡し、逃げる準備を始めた凌は逮捕された。

昨日はマスターが情報をリークして凌をあぶり出すと言っていたが、リークの必要はなかったのだ。そこにいたスパイが凌に作戦内容を伝えれば、凌は勝手に動き出す。それを見越して罠にかけた。

「昨日、貸し切りの後で、盗聴器を回収するチャンスのあった人間は限られる。オレは盗聴器が仕掛けられていた場所を特定しているが、貸し切りの後にそこに座ったり、近づいたりした人物はひとりしかない。それが誰だかわかるね。君しかいない。君がスパイだ。合っているかな？」

マスターがそう言うと、霧香は視線を手元に落とし、一口珈琲を飲んだ。硬い沈黙がしばらく続いた。

「凪もそう思ってるの？」

霧香は凪を見た。凪は思わず目を伏せる。

「信じられないけど、マスターの言う通りかもしれない。僕にはわからない」

声が震えてうまくしゃべれない。できることなら、かばいたいけど、なにも言うことができない。霧香は、長いため息をつく。

「マスター、ありがとうございました」

霧香が頭を下げた。凪はなんと声をかければよいのかわからない。じっと霧香に目を向けると目が合った。涙に濡《ぬ》れた目が、自分を責めているように見える。

マスターがすっと背筋を伸ばし、霧香の前から移動し、凪の正面に立った。短い吐息がかすかに聞こえる。霧香は観念したように、顔を伏せた。

「さて、オレの仕事は終わった。あとは内山たちの仕事だ。内山をここに呼ぼうか？内山のところまで行くならオレがついていってやってもいい」

マスターの目は凪に向けられている。なぜ、こちらを見て言うんだ？　なぜ、霧香ではなく、自分に言うのだ？

「オレだって、こんなことはしたくないし、言いたくない。だが、したことの報いは受けなければならない」

マスターは言葉を続けた。やはり凪に顔を向けたままだ。凪は困惑を隠せない。

「ひどすぎるよ」

霧香が涙声でつぶやいた時、やっと意味がわかった。全身から血の気が失《う》せ、視界が歪み、息ができなくなる。

「なぜ、霧香ちゃんをかばってあげなかったんだ？　見損なった」

マスターがため息をつく。そうか、それでばれたのか。マスターは霧香を疑っていたわけじゃなかった。

「君は霧香ちゃんをかばうことができた。でも、そうはしなかった。なぜだか説明しなくてもわかるだろう」

手が震えだし、全身に冷たい汗が噴き出した。

「僕が霧香をかばわなかったって？　なんの話ですか？」

無駄だと思いながらも、演技を続けるしかない。揺さぶりをかけて白状させようとしている可能性もある。素直に答えるわけにはいかない。

「最後にオレと内山が相談していた内容を凌が知っていたのは、霧香ちゃんが盗聴したデータを渡したせいだとオレはさっき説明した。だが、そのためには、カウンターの下に仕掛けた盗聴器を回収しなければならない」

「霧香は店に来たじゃないですか……だからその時に」

隣の霧香が唇をきゅっと結んで、こちらを見た。怖くて目を合わせられない。

「霧香ちゃんは貸し切り客が帰った後、必ず店に来て、いつもの席に腰掛けて珈琲を飲んでいた。だが、あの日だけはその席には腰掛けなかった。近づきもしなかっただろう。当然、盗聴器の回収はできない。オレはトイレに入っていて、店内には君と霧香ちゃんだけだったから、彼女がその席に近づかなかったことを証明できるのは君だけだ。だが、君はそうしなかった」

マスターは凪の言葉を途中で遮った。なぜ、マスターは知っているのだ。

「……ちょっと記憶違いをしていただけですよ」

横でかすかな音がした。見ると霧香の肩が震えている。

「いや、彼女が君の隣の席に腰掛けたねとオレが訊ねた時、はいと答えた。なんなら録音を聴かせようか?」

マスターはポケットからスマホを取り出した。録音していたのかと凪は唇を噛む。

「そんなことまで……」

「隠し録《ど》りして悪かった。君が自分の言ったことを否定する可能性を考えてのことだったんだが、やっぱり否定したな。残念だよ」

そこまで準備していたということは、凪を呼ぶ前からわかっていたということだ。最初から自分を陥れるための罠だったんだ。マスターと霧香のふたりで、自分を騙す芝居をしていたに違いない。

「やだなあ。なんか罠にかけられたみたいになってます? ほんとにうっかりしていただけなんです」

言い訳しながら、必死に逃れる方法を考える。いったい、いつからどうしてわかったんだろう。わかっていたなら、なぜ、自分をバイトに呼んだのだろう?

「もう諦めた方がいい」

諦める? 嫌だ。逮捕されたら、人生が終わってしまう。凌はまだスパイのことは話していないとマスターは言っていたけど、そんなのは時間の問題だ。ここを切り抜けてどこかに逃げたい。

「最初から君は少しおかしかった。こんな不規則で儲からないバイトに積極的に応じてくれた。聞いた話では西村さんにもオレのことをいろいろ訊いていたそうだな」

「え？　そんな、それは西村さんが訊いてきたからです。貸し切りのこととか、すごく興味を持ってました」

「それはそうかもしれない。でも、君もまたその話にのっていたのは事実だ」

「……だからといって、僕がスパイだなんて。霧香のことも、忘れていただけなんです」

　さまざまなことが頭の中に湧いてきて考えがまとまらない。どうすればいい？

「秋に新宿の『どん底』という店に行った時のことを覚えているかい？　凌がよく行くバーのオーナーに、あの日だけ『どん底』のカウンターに立ってもらったんだ。君は見たことがないと思うが、彼はそのバーの奥の防犯用モニターで凌と君の姿を何度も見ていた」

　モニター？　そんなものがあったのか？　いや、待て、これははったりかもしれない。マスターは、凪と目を合わせないように、少しうつむき加減で話している。表情が読めない。なにを考えているんだ？

　もし、マスターが『どん底』で罠を仕掛けていたなら、気がついたのはその前だ。マスターはそんな前に気がついていたっていうのか？

「それに、貸し切りの客もそうだ。時々メンバーが変わったのは、凌をマークしていた連中が交代でやってきて、首実検《くびじっけん》、つまり君が凌と一緒にいた人物かどうかを確認するためだった。凌が彼らをマークしていたのと同じように、彼らも凌をマークしていたのさ」

首実検？　そこまでして自分を確認していたのか、全く気がつかなかった。

「僕を騙したんですね」

思わず、口を突いて出た。不安と怒りがこみ上げてくる。落ち着かなければいけない。どこまで本当のことなのか、まだわからないのだ。凌が逮捕されたこともウソかもしれない。動揺させて自白させるために、でっちあげの逮捕の話をしていてもおかしくない。

「首実検でも君が凌と一緒にいたことは確認された。まあ、ある時点から直接会わないように気をつけていたらしいがね。だが、決め手になったのは、やはり盗聴器だ。君が盗聴器を仕掛けて回収していることがわかったから、そこまで念を入れて確認した。盗聴器を使わなければ、もっとうまくやれたかもしれない。しかし盗聴器を使わなければならない事情が君にはあった」

どきりとした。そうだ。もしバイトをしていたのが霧香だったら、盗聴器はなくてもよかったかもしれない。

「バイトで貸し切り客の会話を聞くことはできても、君にはそれを理解するための知識がなかった。独特の符牒も全くわからなかっただろう。そこで、やむなく盗聴したものを凌に渡すことにして、カウンターテーブルの裏に盗聴器を貼り付けた。薄型で簡単には見つからないと思っていたんだろうけど、オレは見つけてしまった。そして、誰がそれを回収するか防犯カメラで確認していたんだ」

そうだ。この店には高感度の防犯カメラがあった。忘れたわけではない。でも、わからないようにしたつもりだ。ちゃんと死角になるような席に座っていた。

「最初、君が来た時に防犯カメラの話をしただろう。あの時、話さなかったことがある。カメラはひとつじゃないんだ。複数あって死角がないようになっている。君が盗聴器を回収する様子がしっかり映っている」

騙された。いや、騙したわけじゃない。言わなかっただけだ。でも、こんな小さな店に、何台も防犯カメラがあるなんて思わない。

待て。でも、本当に全部本当なのか？　騙そうとしているだけかもしれない。でも、監視カメラの映像なら簡単に確認できそうだから、すぐにウソはばれる。

「そこまでわかっても、オレはまだ君を信じたかった。だから凌がこの店に来た時に、最後の確認をした。わざと君の本名をあいつの前で言った。もし凌が君のことを知らなかったら、必ずネットで調べる。そうすれば、オレがこっそりと君の名前で作っておいたフェイスブックのページやブログにアクセスしてくる。しかし、誰もアクセスしてこなかった。そこで確信に変わった」

マスターが凌に自分の名前を紹介したのには、そんな意味があったのか。凪は、蜘蛛《くも》の巣のように張り巡らされた罠にからめとられていたのだ。とても騙せる相手ではなかった。

「霧香ちゃんも途中から協力してくれた。彼女の名誉のために言っておくと、君がそんなことをするはずがないと言って、潔白を証明するために手伝ってくれたんだ。彼女は最後まで君を信じようとしていた」

霧香の方を見ると、両手で顔を覆っていた。

「君は凌にスパイを頼まれた時に断るべきだった。君には悪いが、君が最初じゃないんだ。だから気がついた」

「え?」

「凌のスパイは過去に何人もいた。客としてやってきて、オレに話しかけたり、常連と知り合いになってオレや貸し切り客の情報を入手しようとした。常連客を買収していたこともある。だからシステムやネットにくわしかったり、必要以上に話を訊きたがったりする人には注意するようにしている。西村さんの友達の大貫さんが来た時も、オレは同じように必要以上に警戒して失礼なことをしてしまった。人を疑うのは悲しいことだが、そうせざるを得ない」

そういうことだったのか。

「次々とオレが見破るものだから、凌は逆にシステムやネットにくわしくない人間を送り込むことにしたんだろう。だが、ただなにも知らないいんじゃ相手にしてもらえないから、オレの注意を引くようなきれいな少年を使うことにした。それが君だ」

自分の顔をずたずたにしたくなった。少しくらい顔がきれいでもなんの意味もない。利用されて、捨てられるだけだ。

「正直に言うと君を雇った時点では気がついていなかった。きれいな少年をバイトに雇えば、凌が気にするだろうから、そこから罠にかけられるかもしれないくらいに思っていた。奇妙なボタンの掛け違いで、君はここでバイトすることになった」

マスターは、そこで言葉を切った。しばらく黙って凪の顔を見つめている。

「マスターは僕がなんのために彼を手伝ったと思いますか？」

凪は顔を伏せたまま、マスターに質問する。

「おおよそ見当はつく。君が嫉妬に燃えた目であの写真を見つめているのを何度も見たことがあるからね」

そこまでわかっていたのか、と凪は唇を嚙んだ。全てお見通しだ。ふたりの間には入れない。あんなにマスターを憎んでいると言っていた凌が、とうとう最後には自分でマスターに会いに来ていた。自分は最初から利用されるだけのコマ、邪魔者だったのだと凪は自嘲した。

「凌のことがよほど好きだったんだな。君ほど整った顔で性格も悪くない少年が、誰ともつきあったことがないなんておかしい。ほんとうは、誰ともつきあったことがないんじゃなく、女性とはつきあったことがないということだろう」

「そうです。おっしゃる通りです」

終わった。全てが終わった。

霧香が椅子から下り、しゃがみ込んだ。そのまま膝を抱え、声を殺して泣き始める。申し訳なさで胸がつぶれそうになる。最低のことをした。それもこれも凌のためだった。でも、肝心の凌の心はずっとマスターに向けられていた。

霧香に謝ろうと口を開くと、マスターに肩をつかまれた。

「彼女は最後まで、君は凌に騙されているだけだと言っていた。さっきが最後のチャンスだった。もし君が霧香ちゃんをかばうようなら、オレも彼女も今回は見逃してもいいと思っていた」

なんだって⁉　そんなことを考えてくれていたのか？　凪は自分を呪った。あそこで自分を守るために、霧香を裏切ってしまった。誘導されたとはいえ、はっきりと言うべきだった。だが、もう全ては手遅れだ。

自分はいったいこれからどうなるのだろう？　暗澹《あんたん》たる思いに囚われる。いっそ、このままどこかで死んでしまった方がいい。

「月並みな慰め方だが、君はまだ若い、やり直せる。凌のことは忘れて、新しい人生を歩くんだ」

凪の肩をつかんだマスターの手に力がこもる。見透かされている。どきりとして動けなくなる。

「慰めないでください。逮捕されたら大学は退学になるでしょう。黙っていてもらえませんか？　マスターと霧香以外は、誰も気がついていないんでしょう？　お願いします。なんでもします」

思わず口から哀願の言葉が出た。情けない。どうしようもないクズだ。でも、この場を逃れられるなら、なんでもする。

「すまない。それは無理だ」

だが、マスターは厳しい顔で断った。

「お願いです……」

「オレが内山を呼ぶと言った時から、ここの監視カメラの映像と音声は内山も見ているんだ、ライブでな。あの時点で君はもう終わっていた」

「えっ……」

「内山はすぐ近くにいる。万が一、君が凶器を持っていたり、自殺を図ったりした時のために、待機していてもらったんだ」

「やっぱり僕を騙していたんですね。いい人だと思ってたのに」

あんまりだ。どうあっても罠にかけるつもりだったんだ。

「なにも言わずに、内山にまかせることもできた。しかし、君だけはオレが説得したかったから、内山に無理を頼んだ。結果的に騙すことになったが、仕方がなかった。これはもともとオレと凌の騙し合いだ。君を巻き込んですまないと思う」

だったら見逃してくれてもいいじゃないか、と言いそうになるのをこらえた。これ以上は、言ってもしょうがない。自分がよけいに惨めになるだけだ。

「内山がこちらに来るそうだ。少しだけ待とう」

マスターが静かな口調でつぶやいた。凪は力なくカウンターに突っ伏した。泣きそうになったが、涙は出なかった。ただ、ひたすら重く昏い気持ちに押しつぶされそうになる。走馬灯のように昔のことが頭に蘇る。

凌と二度と会えないかもしれないと思うと苦しくて死にそうだ。そして、〝人形〟、霧香を傷つけてしまった。〝人形〟という呼び名自体、彼女の無垢な愛情を穢《けが》している。背信者という汚名こそ、自分にふさわしい。

「さあ、行こう」

マスターに腕を引かれて気がついた。霧香の姿は、もうどこにもなかった。いつの間にか、内山が扉の前に立って哀れむような表情で、こちらを見ている。なにも言わないでほしい。哀れまれるのは嫌だ。

「はい」

凪は抜け殻のような身体を引きずってブラックスノウを出た。

翌日、国際的なサイバー犯罪の摘発が新聞やテレビでトップニュースとなった。推定被害総額八十億円、被害者三千人以上。しかもこれまで日本は大規模なサイバー犯罪のターゲットとなることはあっても、犯人が日本国内にいる日本人だったことはない。さらに警視庁がその犯人を逮捕した。いろいろな面で日本サイバー犯罪史上稀に見る事件だった。

主犯格の凌やエストニアの共犯者などは逃したものの、凪を始めとする国内の協力者数名を確保していた。しかも迅速に口座を差し押さえたおかげで、投資した資金はかなり戻る。日本警察の面目躍如といったところだ。

凪が逮捕された日の夜、西村はマスターからメールを受け取った。事件のあらましと雑誌やテレビから取材の依頼があってもできれば断ってほしいという内容だった。凪を無垢な美少年と信じ込んでいた西村は少なからず衝撃を受けたが、取材に応じないようにするとマスターにすぐ返事した。

　その時、西村は会社にひとりで残っていた。特に用事があるわけではなく、社員が全員帰った後にウイスキーをなめながら、ほろ酔い気分でひとりで思いを巡らすのが好きなのだ。マスターのメールで酔いは醒めた。すぐに店に行きたかったが、メールには早じまいすると書いてあった。

　椅子に深く腰掛け、マスターのメールを読み返し、テレビをつけた。ちょうど夜のニュースでこの事件が報道されていた。「安心フィナンシャルアドバイザー事件」とそこでは呼ばれていた。ニュースキャスターが図解で説明していたので、ようやく全貌がわかった。

　八十億円……現実味がなさすぎる。毎日通っている西池袋のうらぶれた路地の喫茶店を舞台にしてそんな事件が進行していたただなんて信じられない。

「サイバーセキュリティ専門企業アオイ社の大貫さんにお越しいただいております」

　西村は、あっと声をあげた。まさか大貫がテレビニュースの解説に呼び出されるとは思ってもみなかった。リアルに知っている人間をテレビ越しに見るのは不思議な感じだ。もしかして大貫は凌とマスターのことを知っていたのかもしれないと思う。知らないふりをして、西村に池袋にあるおもしろい喫茶店を案内させた。ほんとうは情報を得て内偵していたのかもしれない。疑えばきりがないけど、そんな気がしてきた。

「今回の事件は世界的にみると、よくあるネット詐欺事件です。ただし日本人のサイバー犯罪者が日本国内で起こした事件としてはかつてない規模だったと言えます」

大貫の言葉にニュースキャスターの女はうなずく。

「やはり日本では大規模なネット犯罪はまだ珍しいということなんでしょうか？」

「日本人をターゲットにした犯罪はこれまでも起きているんです。ただしそれらは主犯が特定されていなかったり、海外に犯人がいたりしたものでした。今回は犯人が日本国内にいる日本人だったという点が違います。正確に言うと、エストニアにカスタマーセンターがあったので日本以外にも拠点はありました」

それから大貫が過去のサイバー犯罪の事例紹介を始めたので、西村はチャンネルを替えた。夜の十一時台ということもあって、いくつかのチャンネルでニュースを流していた。「安心フィナンシャルアドバイザー事件」はどこでも大きく取り上げられていた。

自分とは関係ないところで起きた事件とわかっていても、知り合いがかかわっているから落ち着かない。もしかしたら自分にもなにかできたことがあるのではないだろうかという思いがわいてくる。もちろんそんなことはないだろうし、西村はこの事件の傍観者、脇役だとわかっている。わかっていても心がざわつく。

西村は椅子から立ったり座ったりしながらテレビを観ていたが、やがてグラスに半分ほど残ったウイスキーのストレートを呑み干すと会社を出た。考えてもしょうがないと自分に言い聞かせ、近くの自宅に戻ってベッドに潜り込んだ。

浅い眠りから目覚めると朝刊の一面に事件のことが載っていた。読んだが新しい事実はなかった。凪がどうなるか気になる。凪の彼女の霧香のことも気になる。すぐにでもブラックスノウに行きたいが開店時間は十一時だ。それに行ったとしても凪も霧香もいないだろうし、マスターはこの件について詳しくは教えてくれないだろう。返す返すも自分にもっと洞察力があったらと思う。事件のことも早い内に察知できたろうし、防ぐことはできなかったにしろ、凪を少しは助けてあげられたかもしれない。

そうだ。昨日のメールには大事をとって数日店を休むとも書いてあった。マスコミの取材が来ることを恐れたのだろう。だったら今日行ってもしょうがない。西村はため息をついた。

それから数日、ニュースやワイドショーは、この事件で持ちきりだった。その割りには新しい情報は出てこず、西村はやきもきして過ごした。会社では耳ざとい社員にあれこれ訊ねられたが、適当に言葉を濁してスルーした。噂話は嫌いじゃないが、この事件のことはあまり他人に話す気にはなれない。

結局ブラックスノウは一週間休業した。西村は三日目から毎日店に足を運び、休業の紙が貼ってあるのを確認して引き上げることを繰り返した。もちろんその紙には一週間休む旨が書かれていたのだが、こっそりマスターがやってきていないかと思っていたのだ。誰も店に来た様子はなかった。

一週間後、やっと開店したブラックスノウに西村は開店から居座って、渋い顔のマスターに根掘り葉掘り事件のことを訊ねた。最初は遠慮していたのだが、マスターが、「なんでも訊いていいよ」というので思い切り質問した。それでようやくなにがあったのか自分なりに理解できた。


そして休業から二ヶ月。やっといつもの日常が戻ってきたような気がする。ニュースからあの事件の報道は消え、人の口にものぼらなくなった。

「こんにちはー」

西村が挨拶しながら店に入る。マスターはいつもと変わらなかった。いや、少しだけやつれたような気もする。それにぼんやりしているようだ。席につくとお冷やとメニューがすっと目の前に置かれた。

しばしマスターの横顔を見つめた西村は、少しためらいながらも気になっていることを訊ねた。

「彼のことを考えていたんだ」

あの事件以来、マスターは時々ぼんやりしている。最初は遠慮してそっとしておいたが、最近はつい質問してしまう。

「まあね。なんにします？」

マスターは隠そうともせずに答えた。訊くまでもなかったと西村は毎度のことながら反省する。

「ブレンド」

返す言葉が思いつかず、注文だけした。

「お待ちどおさま」

西村の前に芳醇な香りの珈琲が置かれ、メニューが下げられる。同時に店の扉が開き、二人連れの男女が入ってくる。

「いらっしゃいませ」

マスターは扉に顔を向けて応じる。いつの間にか胸の中のもやもやは晴れていた。

あの事件の裁判で凪には執行猶予がついた。そのまま社会に戻されたわけだが、大学は退学処分になっていたし、実家にも帰りにくかったのだろう。どこかでひとりで暮らしているようだ。マスターの話では何度かネットのアンダーグラウンドの世界で凪らしい人物を見かけたことがあるそうだ。

「あいつも闇に堕ちたのかもしれない」

マスターはつらそうにつぶやいた。凪はマスターを恨んでいそうだが、いつかまたこの店に来るような気がしている。凌という青年と同じだ。憎んでいると言いながらマスターから離れられない。マスター本人にはそんな気はないのだろうけど、蟻《あり》地獄のように人を虜にしてしまう。凌も凪もマスターの呪縛から逃れられない。

「おはようございます」

そこにあの事件の主役のひとりが入ってきて西村は驚いた。

あの事件の後、ここに来る勇気が湧かなかった。でもしばらくすると、どうしても行きたくなって、また来てしまった。マスターのやさしい低い声のせいだ。あの声を聞くと落ち着く。クセになる。また常連のひとりになって、しばらくすると、マスターからアルバイトを頼まれた。

「貸し切りの時だけですか？」

「いや、貸し切りはもうない。普通に仕事してほしい。最近、少し忙しくなったんだ」

凪がしていたことを、自分が引き継ぐような気がして複雑な気持ちだったけど、なぜか引き受けてしまった。カウンターの内側に立ってみたかっただけかもしれない。

バイトを始めると、制服のゴシックなメイド服が好きになった。お客さんからの評判もいい。こういうごてごてした服は、あまり着る機会がなかったから、新しい発見だ。

「あら？　霧香ちゃん、ここで働くことにしたんだ」

バイト初日に西村に挨拶すると、大きな声で驚かれた。なんだか少し恥ずかしい。

「はい。ふつつかものですが、よろしくお願いします」

「結納する気？」

どうやら、挨拶の言葉がおかしかったらしい。思わず頬が熱くなる。

「誰とですか？　マスターと？　ないない」

否定しながら奥の部屋に入り、制服に着替える。

「ふつつかものとかって久しぶりに聞いたわー」

着替えてカウンターに入ると、西村がさっそく突っ込みをいれてきた。

「ボキャブラリーがかたよっているもので、すみません」

「ううん。楽しくていい。美少年の次は美少女とは、マスターもやるよね」

西村は楽しそうに続ける。メイド服を着た自分をじろじろ観察されて恥ずかしくなる。

「まるで手当たり次第みたいに言わないでください」

マスターが苦笑する。

「そういうわけじゃないけど、マジでうらやましいわあ。店のどこかに美少年と美少女が湧いてくる泉があるみたい。珈琲お代わりしちゃおう。メニューください」

霧香が、メニューを西村の前に置くと、好奇心丸出しの目で見つめられた。

「霧香ちゃんはマスターと凌とかいう子の痴話ゲンカに振り回されたようなもんだ。大変だったね」

西村がメニューに目を落としながら言う。最初は、凪や凌という言葉を聞くだけでもつらかったけど、時が経つとようやく少し平気になってきた。マスターは仏頂面で腕組みして首を振る。

「痴話ゲンカはちょっとかわいそう」

笑ってそう言い、「なになさいますか?」と西村に訊ねる。

「イルガチェフの浅煎りがいいかなあ。ちょい目を覚ましたい」

初めて聞く豆の名前だが、西村が頼むということはここにあるのだろう。

「マスター、イル……なんとかの浅煎りです」

しまった。豆の名前を忘れてしまった。ロシア人の名前みたいな豆だったんだけど。

「イルガチェフの浅煎りだね。毎度」

マスターが口元をゆるめる。よかった。わかったみたいだ。

「あの写真は、もうしまったんだ」

西村が棚に凌の写真がないことにめざとく気づいた。霧香も気がついていたが、訊ねることをはばかっていた。西村は容赦ない。

「まあね。もう用は済んだ。オレがまだあいつのことを気にかけていると思わせるための小道具だったからな」

西村が、「ふーん」と感心したような声を漏らす。

「話を聞く限りでは、敵はかなりの切れ者ね。同じ手は二度と通用しないからもう写真は用なしってことね」

「その通り。西村さんは、オレより凌のことがわかるみたいだ」

「無理無理。今はどこにいるのかしらね」

「さあな。案外、すぐ近くに潜伏しているかもしれない」

凌は実際には捕まっていなかった。一向に足取りのつかめない凌の居場所を凪から訊き出すための賭けだった。逮捕されたと信じ込ませ、凌の居場所を白状させたところまではよかった。でも、わずかな時間の差で凌は逃げた後だった。

凌はマスターと内山が罠を仕掛けている可能性を見抜いていたようだが、遺留品から今回の情報サービスの仕掛けの裏付けがとれたので、金融機関の口座を凍結し、投資した人々に元金を戻すことはできた。結果は痛み分けというところだ。

そういえば同じ大学の坂井も投資していて戻ってきたのは半分以下で、しかもこれまでアフィリエイトで稼いだ分の税金を払わなければならなくなったとぼやいていた。彼は元気がよすぎたから大人しくなったのはよかった。これがいい勉強になって、少しは大人になるだろう。

「オレは、もう少し凌を泳がせておきたかった。もっとこちらに引き寄せて、油断させたところで一気に押さえたかったんだが、内山がもう行けると強硬に主張した」

「もったいない」

西村が笑った。

「いや、待ったからといって、うまくいくとは限らない。チームで動いている以上、じゃっかんの意見の相違はしかたがない」

マスターは肩をすくめる。

霧香はマスターの言う通りだと思う。直接、顔を合わせたことはないが、話を聞く限りでは凌という人物はかなり狡猾だ。サイバー空間には、攻撃者絶対有利の法則がある。闇に隠れて攻撃してくる凌の方が有利なのは明らかだ。

マスターたち、特に内山は、法の縛りの中でしか活動できないつらさがある。防御も追跡も合法の枠内でできることは限られる。今回のように攻撃できるチャンスは逃さない方がいいのだろう。

霧香はマスターから凪のことを聞いた日のことを思い出した。だいぶ前からマスターがなにかを仕組もうとしているのには、うすうす気づいていた。

凪には内緒で閉店後のブラックスノウを訪ね、マスターに疑問をぶつけてみた。いったいマスターは、凪になにをしようとしているのか、と。

最初はとぼけていたマスターだったが、答えてくれないなら凪に訊きますと言うと折れた。そして霧香は凌という人物の事件とマスターの仕掛けている罠について知ることになった。聞かない方がよかったのかもしれないと今でも時々思う。

できることなら凪の口から本当のことを聞きたかったし、ふたりで解決したかった。凪は自分のことに本気なんだと信じたかった。

だから最初にキスした時、「なにか言いたいことあったら言ってね」と水を向けた。「マスター、怪しいよね。絶対なにかある」と何度も話題を振った。でも、凪は決して話してくれなかった。

最後に、やむなくマスターの罠に協力した。凪と話す際に知らないはずの、「凌」という名前を出してみたり、貸し切りの後に店に入った時わざとカウンターに腰掛けないようにした。

最後の最後で凪が自分をかばおうとしてくれなかった時には泣いてしまったが、それよりも悲しかったのは、最後まで自分の口からは秘密を話してくれなかったことだ。

「もしかしてマスターってものすごい策士？」

西村の声で、霧香は我に返った。

「仕方がなかったのさ。サイバー犯罪は騙し合いだ。ウソつきが勝ち、騙された方が負ける」

「ソーシャル・エンジニアリングのことを言ってる？」

　西村が応じる。

「そうだな。今回仕掛けたのはその一種だ」

　マスターの言葉に、西村がにやりと笑う。それから、「ねえねえ、考えたんだけど」とマスターと霧香の両方に手を振った。

「マスターが、凌本人って可能性もあるでしょ。写真に写ってた美少年はマスターが雇った身代わりで、本当は裏で全ての糸引いてたりして」

　それは考えたことがなかったけど、確かに話としてはあり得る。ものすごく大変そうだけど、その代わり見破るのは至難の業だろう。

「おいおい。とんだ悪人にされたもんだ。それじゃ、なんのために凪を雇って罠を仕掛けたことになるんだい？」

「凌包囲網に参加して、そこから情報をもらいつつ、時々末端を逮捕させて、成果を上げてさらに信用させるという仕掛けとか？　少年は末端、捨て石だった……とかね」

　西村が得意そうに話を続ける。どのみち凪は犠牲になってしまうのだと思うと胸が痛んだ。

「マッチポンプもいいところだ。極悪人だな」

　マスターはそう言うと、霧香の肩を軽くたたいた。

「ちょっと休むかい？　顔色が悪い」

「あ、いえ、大丈夫です。ちょっと考え事をしちゃってて。すみません」

「男ってカスだから気を落とさない方がいいよ」

察したらしい西村が、珍しくやさしい言葉をかけてくれた。こういう時は、涙腺がゆるくなって困る。必死に、こらえる。

「オレだって、きれいな男の子はもうこりごりだ」

マスターがわざとらしくおどけた声を出す。みんなに気を遣わせてしまった。

「ほんとにこりてるのかなあ。でも、きっと凌という子はマスターのことを諦めていないんでしょうね」

「まあな。また、なにか仕掛けてくるかもしれない」

マスターはそう言うと、カウンターの後ろの棚に目を向けた。視線の先には、なにもない。かつて、そこにマスターと凌の写った写真が置いてあった。凪がちょくちょくそれを横目で見ていた。

マスターは凪や自分が考えていた以上に凌のことを愛していたのかもしれないと霧香は思った。マスターから聞いた事件の話で、ひとつだけつじつまが合わないことがある。マスターは凌を罠にかけるためにこの喫茶店を始めたはずなのに、凌がここにバイトに来てから知り合ったという。矛盾している。

だが霧香はあえて訊かないことにしていた。なんとなく理由はわかる。マスターは前の仕事で凌のことを知ったのだ。

すでにいくつもの犯罪に手を染めていた凌。美しく残酷な悪魔のような天使。その姿や言動に惹かれてしまったに違いない。だから凌が好きそうな店を探してマスターになり、おびき寄せ、さらに関心を持ちそうなサイバー犯罪の情報をちらつかせた。

この店はマスターが凌を手に入れるための罠だったのだ。マスターは凌をうまく誘導して更生させ、自分と共に人生を歩むようにしようとしていたのだろう。

きっと最初はうまくいっていた。パソコンやネットにくわしくない凌に、マスターは手取り足取りして教え、ふたりは仲良くなっていった。でも、ある一線を越えて結びついた時、凌は自分の闇にマスターを引き込もうとして、ふたりは決別した。マスターが考えていたよりも凌の闇は深く濃かった。結果的にマスターは凌という悪魔をサイバー空間に放ってしまった。

こう考えると、この店が凌のための罠というのも、マスターが凌がバイトに来て初めて会ったというのも納得できる。マスターが凌を好きになり、珈琲店ブラックスノウにおびき寄せて、愛し合うようになった。マスターは凌をダークサイドから引っ張り出そうとし、凌はマスターを自分の世界に引き込もうとした。そして憎み合うようになった。

だとすると西村の言うように、壮大な痴話ゲンカだ。マスターも凌も業が深い。そしてきっと凪も……。

凪のさわやかな笑顔が霧香の脳裏に蘇り、胸が苦しくなる。これまで男子をふったことはあっても、ふられたことはなかった。思った以上につらいけど、きっとなんとかなる。なんとかする。

霧香は、ふたりに気づかれないように小さなため息をついた。もう凪のことは思い出さないようにしないといけない。吹っ切って、これからのことを考えよう。そうでないと、自分までダークサイドに堕ちてしまう。

その日の夜、西村は一通のメールを受け取った。凪からだ。

――誰に送ろうか迷いましたが、傍観者である西村さんに送ることにしました。凌の時も僕の時もあなたは傍観者で、おそらくこれからもそうでしょう。だから話せます。僕は凌にもマスターにも復讐します。そのことを誰かに言っておきたかった。マスターに警告してもいいですよ。僕は闇に堕ちました。この二ヶ月間、必死にネットのことを学んで少し使えるようになりました。ダークウェブに知り合いもできた。警察もマスターも僕を探し出せないでしょう。

ブラックスノウの一番奥の席で、これから起こることを見ていてください。

傍観者……言い得て妙だ。でも修業が足りない。西村はメールに添付されていた写真にマルウェアが仕込まれていることに気がついた。おそらく自分を踏み台にして、マスターに関する情報を盗んだり、攻撃したりしようとしていたのだろう。ずいぶんとなめられたようだ。この程度の罠にかかる西村夏乃ではない。でも、凪が本気らしいことは充分わかった。マルウェアを送りつけるだけでも犯罪だ。西村がこのことを警察に届ければ凪の執行猶予は取り消されるだろう。すでに姿をくらましている可能性もある。凌も凪も業が深い。

マスターとかかわった少年たちはみんな狂ってダークサイドに堕ちる。美しい男たちの蟻地獄。西村は嘆息し、このメールは誰にも見せずにおこうと決めた。

あとがき

本書は集英社文庫のウェブサイトに連載した『珈琲店マダムシルクのサイバー事件簿』を改題・改稿したものです。いろいろな面で、私にとって初めてづくしの体験となりました。

まず小説を書きながら連載するというのが初めてでした。これまでにも連載したことは何度かあるのですが、連載開始時に全てを書き上げていました。書きながら連載したのは、今回が初めてです。

私は小説を書く時、順番に書きません。章の並び通りでもなければ、時系列に沿ってでもなく、その時書ける箇所、書きたい箇所を書いて一冊分の量になったところで全部をくっつけて仕上げます。途中で見たいと言われると大変困ります。映画のラッシュフィルムのようなもので、見てもわけがわからないからです。もしかしたら、それはそれでおもしろいのかもしれませんが、読む方が期待しているものと異なるのは明白です。

今回は毎月順番に書いていき、本にまとめる際も連載時と同じ順番にしました。最後の結合作業がないのは、不思議な感じでした。

男同士の愛を描くのも初めてです。趣味で書いたことはあるのですが、このように本としてまとまった形にしたことはありません。

初めてづくしとはいえ、できるだけおもしろく、驚きのあるものにできるようがんばりました。お楽しみいただければ幸いです。


本書はたくさんの方のご尽力で世に出すことができました。

アドバイスをいただいた江添佳代子さまにお礼申し上げます。

ミステリの面白さと深さを幼い頃の私に教えてくれた母と、執筆をささえてくれた佐倉さくさまにも、この場を借りて感謝の気持ちを伝えたいと思います。

最後に本書を手にとってくださった読者のみなさまにお礼を申し上げたいと思います。

仲夏のバンクーバーにて

一田　和樹

本書は、「ｗｅｂ集英社文庫」で二〇一六年八月〜二〇一七年五月に配信された「珈琲店マダムシルクのサイバー事件簿」を改題の上、加筆・修正したオリジナル文庫です。

本文デザイン／西野史奈（テラエンジン）

一田和樹の本

天才ハッカー安部響子と五分間の相棒

会社員の肇は、ネットショッピングのアカウント乗っ取りがきっかけで、隣人の引きこもり美女ハッカーとともに、ネットを駆使して一攫千金を狙うが⁉　話題沸騰のサイバーミステリ！

集英社文庫

一田和樹の本

女子高生ハッカー鈴木沙穂梨と0.02ミリの冒険

親友の父親がネット冤罪で逮捕され、無実を証明するために高校生の沙穂梨は彼氏の拓人とともに事件を調べ始める。ネットの奥深くを探るうちスマホゲームをめぐる世界的陰謀を知り⁉

集英社文庫

集英社文庫 目録（日本文学）

石川恭三　定年の身じたく　生涯青春！をめざす医師からの提案
石川恭三　生へのアンコール
石川恭三　医者が見つめた老いを生きるということ
石川恭三　医者いらずの本
石川恭三　定年ちょっといい話　閑中忙あり
石川恭三　50代からの男の体にズバッと効く本
石川直樹　全ての装備を知恵に置き換えること
石川直樹　最後の冒険家
石倉　昇　ヒカルの碁勝利学
石田衣良　エンジェル
石田衣良　娼《しょう》年《ねん》
石田衣良　スローグッドバイ
石田衣良　1ポンドの悲しみ
石田衣良　愛がいない部屋
石田衣良　空は、今日も、青いか？
石田衣良他　恋のトビラ　好き、やっぱり好き。

石田衣良　答えはひとつじゃないけれど　石田衣良の人生相談室
石田衣良　逝《せい》年《ねん》
石田衣良　傷つきやすくなった世界で
石田衣良　REVERSE《リバース》
石田衣良　坂の下の湖
石田衣良　北斗　ある殺人者の回心
石田衣良　オネスティ
石田雄太　桑田真澄　ピッチャーズ バイブル
石田雄太　イチローイズム
伊集院静　むかい風
伊集院静　機関車先生
伊集院静　宙ぶらん
伊集院静　いねむり先生
伊集院静　愚者よ、お前がいなくなって淋しくてたまらない
泉　鏡花　高《こう》野《や》聖《ひじり》
一条ゆかり　実戦！恋愛倶楽部

一条ゆかり　正しい欲望のススメ
一田和樹　天才ハッカー安部響子と五分間の相棒
一田和樹　女子高生ハッカー鈴木沙穂梨と0.02ミリの冒険
一田和樹　内通と破滅と僕の恋人　珈琲店ブラックスノウのサイバー事件簿
五木寛之　こころ・と・からだ
五木寛之　雨の日には車をみがいて
五木寛之　不安の力
五木寛之　新版　生きるヒント1　自分を発見するための12のレッスン
五木寛之　新版　生きるヒント2　今日を生きるための12のレッスン
五木寛之　新版　生きるヒント3　癒しの力を得るための12のレッスン
五木寛之　新版　生きるヒント4　ほんとうの自分を探すための12のレッスン
五木寛之　新版　生きるヒント5　人生にときめくための12のレッスン
伊東　乾　さよなら、サイレント・ネイビー　地下鉄に乗った同級生
伊藤左千夫　野菊の墓
いとうせいこう　鼻に挟み撃ち
絲山秋子　ダーティ・ワーク

集英社文庫　目録（日本文学）

集英社文庫

内通《ないつう》と破滅《はめつ》と僕《ぼく》の恋人《こいびと》　珈琲店《コーヒーてん》ブラックスノウのサイバー事件簿《じけんぼ》

2017年11月25日　第1刷　　定価はカバーに表示してあります。

著　者　一田和樹《いちだかずき》
発行者　村田登志江
発行所　株式会社　集英社
東京都千代田区一ツ橋2-5-10　〒101-8050
電話　【編集部】03-3230-6095
【読者係】03-3230-6080
【販売部】03-3230-6393(書店専用)
印　刷　図書印刷株式会社
製　本　図書印刷株式会社

フォーマットデザイン　アリヤマデザインストア　　マークデザイン　居山浩二

ISBN978-4-08-745670-7 C0193